Rowohlt Verlag GmbH, Kirchenallee 19, 20099 Hamburg

Kontaktadresse nach EU-Produktsicherheitsverordnung:
produktsicherheit@rowohlt.de

ro
ro
ro

Sophie Andresky, geboren 1973, lebt und arbeitet als freie Schriftstellerin in Berlin. Als Kolumnistin schreibt sie unter anderem für «Penthouse» und «Young Lisa». Zu ihren Veröffentlichungen zählen vier Bände erotischer Kurzgeschichten, darunter der Erfolgstitel «Tiefer» (rororo 23366).

SOPHIE ANDRESKY

FEUCHT

EROTISCHE VERFÜHRUNGEN

Rowohlt Taschenbuch Verlag

6. Auflage November 2020

Neuausgabe
Veröffentlicht im Rowohlt Taschenbuch Verlag,
Reinbek bei Hamburg, November 2006

Lektorat Bettina Hesse
Umschlaggestaltung any.way, Andreas Pufal
(Foto: Nick Dolding / Getty Images)
Satz CPI books GmbH, Leck
Druck und Bindung
BoD-Books on Demand GmbH,
Norderstedt, Germany
ISBN 978 3 499 24415 5

Für Marcus.

FÜR DICH. NUR FÜR DICH.

Inhalt

Die Zucchini bin ich!

Ich bin Sängerin, eine gute, eine echte, keine, die sich in der Fußgängerzone von Bronchitis zu Lungenentzündung singt, sondern eine, die richtige Events hat. Das heißt Studio-Events. Fans gibt's da eher weniger. Meistens sieht man nur den Typen hinterm Mischpult, und vorher erklärt einem kurz einer, was man machen soll, also ich flippe da nicht auf einer Bühne rum, zeige meinen Hintern und werde mit Plüschbärchen gesteinigt. Ich habe für eine Künstlerin ziemlich geregelte Arbeitszeiten, und ich bin eine Künstlerin. Nein, Plakate gibt's keine, doch, Plakate gibt's schon, aber da steht dann nicht mein Name drauf, sondern eher «Knackzart und würzig» oder «immer frisch auf den Tisch». Ich singe nämlich Werbesongs.

Ja, was anderes war nicht zu kriegen nach der Musikhochschule, da hat man einen astreinen Tremolo-Alt, und dann macht man auch ein paar Gigs, aber die Kohle reicht hinten und vorne nicht, und die ganzen Penner war ich auch leid. Dann lieber Studio. Da ist es geheizt, und man weiß, was man tut, und man hört mich jeden Tag im Fernsehen: «Suppe wie von Oma ist das einzig Wahre, Omas Suppe wie ich drauf abfahre, frische Kräuter allerlei, Omas Suppe macht mich high.» Jawoll, das ist von mir. Also nicht der bescheuerte Text, aber die Stimme. Oder: «Frickenstein kocht die Karotte, o wie freut sich da die Lotte.» Dosengemüse ist nicht gerade das, was mich so richtig heiß macht, aber immer noch besser als Fleischreklame.

Erstens bin ich Vegetarierin, und dann haben die Leute, die Fleischreklame machen, echt alle einen Schaden. Die unterbrechen dauernd die Aufnahme, stürmen rein und schreien, dass es fleischlicher klingen soll, wurstiger, appetitlicher, ja fang damit mal was an, ich hab einen Tremolo-Alt im Hals, keine gepökelte Schwarte. Trotzdem bin ich immer wieder froh, wenn ich einen Job habe, in einer klammen Einzimmerbude rumhängen ist echt nicht mein Ding. Nur diese ständigen Zugfahrten und die runtergekommenen Hotels, die machen mich fertig.

Ich ahnte auch schon das Schlimmste, als mein Agent, den ich heimlich meinen «Zuhälter» nenne, weil er es am liebsten sähe, wenn ich rund um die Uhr Spargel und Ananas besänge, als er mich also anrief mit dem üblichen Spruch: «Xenia, hab 'n Job für dich.» Nach Frankfurt sollte ich kommen zur Aufnahme. Frankfurt, das ist da, wo sich die Fixer tagsüber am Bahnhof ungeniert einen abdrücken und der einzige halbwegs sichere Ort für dich und deine Handtasche die Gefriertruhe im nächsten McDonald's ist. Ich war begeistert. Aber natürlich hab ich angenommen, obwohl es schon wieder eine Dosensuppe war.

Ich denk halt immer noch, da kommt zufällig einer vorbei, ich steh so im Studio und singe was Klassisches, nicht um mich einzuölen, sondern einfach um mal zu hören, wie das über Kopfhörer so klingt, und er, also der, der da kommen soll, kommt einfach rein, hört mich und nimmt mich sofort mit ins nächste Stadttheater. Oder zumindest in einen renommierten Jazzschuppen, ich bin ja flexibel. Leider passiert so was abartig selten.

Und ich nöle wieder einen vollen Nachmittag «Soll der Braten lecker sein, wirf Butti in die Pfanne rein». Diesmal sollte der «Event», jaaa sorry, aber ich muss das so nennen, sonst geht mir der letzte Rest Selbstachtung verloren, diesmal sollte er sogar über zwei Tage gehen, weil verschiedene Versionen aufgenommen werden sollten. Das bedeutete nicht nur Stinkezug, sondern auch Stinkehotel. Hotel La Barraque, Zur lebenden Kakerlake, ist da vielleicht noch irgendeine Waschküche für eine Sängerin frei, muss auch keine Heizung drin sein, frische Handtücher sind auch nicht nötig. Göttin, die Produzenten verwechseln uns echt immer mit Wohnmasochisten.

Das andere, was mich schon im Vorhinein total abturnte, waren die Kollegen. Das Ganze sollte ein Chor werden. Jeder ein Gemüse aus dem Eintopf, wieso, hab ich gesagt, da nimmt man eine Stimme für heißes Wasser und eine für Mehl und Salz, fertig ist das Duett, mehr ist in diesen Dosen doch eh nicht drin. Echt, in meinem nächsten Leben werd ich Schriftstellerin, ich sag's: Geil, keine Kollegen, keine Vorgesetzten, jedenfalls nicht so richtig, aber es half ja alles nichts. Der Event ging an drei Sängerinnen und zwei Typen. Todes, ich sag's, die sahen schon voll aus wie diese Dosenpampe. Ich dachte lieber nicht darüber nach, wieso ich eigentlich für die Zucchini prädestiniert war.

Astrid, die den Spargel singen sollte, war eine magersüchtige Giraffe mit gebleichten Spaghetti auf dem Kopf, und Angela machte die Kartoffel, das passte, sie war klein, verkniffen, sonnenverbrannt und hatte die Proportionen eines Michelinmännchens. Gernot war die Schwarzwurzel, und das gefiel ihm, er griff sich nämlich ständig an den Schritt, bis ich ihn fragte, ob er wohl ein Prostataproblem hätte. Und Dieter sollte die Erbsen singen, ein Eunuch geht auf Reisen, er kreischte die ganze Zeit wie ein Hühnerauge, das unter einen Amboss gerät. Ganz prima, meine Familie für die nächsten beiden Tage, also

Bussi Bussi, Stargeknutsche, ein tolles Stimmvolumen hast du, und diese Ausdruckskraft, Kinder, das wird spaßig, und so weiter.

Am ersten Tag wurden wir nur dem Dosensuppenkönig vorgestellt und mit dem Werbekonzept vertraut gemacht, was so aussah, dass wir alle einen Teller von der halbwarmen Brühe löffeln mussten. Dabei redete der König sich in Ekstase, es müsste alles frisch und freundlich klingen, knackig, saftig, appetitlich. O je, wenn einer schon saftig sagt, versucht er abends den Sopran anzubaggern, ich kenn so was, na ja, besser es trifft Spargelastrid als mich.

Dann sollten wir ins Hotel, die Partituren ansehen, man sagte uns tatsächlich Partituren, ich fass es nicht. Ich meine, da summt einer was vor, und ich sing das dann nach, fertig, eine Sache von zwanzig Minuten, aber nein, ins Hotel. Was die so Hotel nennen! Herberge zur brütenden Pestilenz, Virenkessel Schmidthuber, das war mit Abstand die abartigste Kaschemme, in der ich jemals schlafen musste. Aber hätte ich mir ein anderes Zimmer gesucht, hätte ich es selbst bezahlen müssen, und da bleibt dann nicht mehr viel übrig. Zumindest zum Abendessen würde ich mir etwas Gemütliches, Sauberes suchen, schwor ich mir, als ich auf meiner Fensterbank (mit Blick auf die Müllcontainer) ein Rudel apathisch daliegender Bananen entdeckte. Mann, die hätte ich bald kämmen können, solche Haare wuchsen da drauf. Und wenn man ganz genau hinsah, ich schwöre es: Sie haben sich bewegt. Atmende Bananen. Aber sie lagen schon im Sterben, wie alles, was länger als eine Nacht in dieser Absteige blieb. Der Teppichboden war mit einer exotischen Pilzkultur durchzogen. Da brauchste keine Drogen zu nehmen, die Muster, die sich langsam ausbreiten, siehst du ganz von alleine. Aber die Hölle war die Dusche, Etagendusche natürlich, da hat mein Immunsystem wirklich was geleistet, da sprang dich der Fußpilz in Kopfhöhe von den Wänden an. Die Sporen schwebten in Nebeldichte umher. Und im Ausguss der Skalp von vier Generationen Gästen. Abartig. Alles, was ich wollte, war, schnellstens hier rauszukommen.

Draußen fing es schon an, dunkel zu werden, ich warf also einen Blick auf die Partitur, beschloss, dass der Weg von der Schlafbaracke zum Studio als Vorbereitung reichen würde, und suchte mir ein kleines Bistro. Ein ganz schickes, abgefahrenes, Mensch, ich bin Künstlerin, nicht irgendeine Touristentrulla. Vor dem Hotel kam mir der Produzent in die Quere, der, der uns vorhin das Werbekonzept löffeln ließ. Er lutschte schon wieder diese fiesen Lakritzschnecken. Menschen, die freiwillig Lakritze essen, halte ich ja für potentiell verhaltensgestört, der kulinarische Masotrip. Er busselte ein bisschen auf Charming Boy, und ich sagte: «Du, ich muss mich noch mental klarmachen für morgen, ciao, Ogon.»

«??»

«Das ist polnisch und heißt so was wie Darling.»

«Ogon. Goldig.»

Ogon ist zwar polnisch, heißt aber Schwanz, na ja, das brauchte er nicht zu wissen. Ich fand eine ganz verrückte kleine Szenekneipe mit Klaviermusik und einem Tintenfassperkussionisten, der letzte Schrei, ich sag's, und dann setzte ich mich so an die Bar, um etwas zu essen. Und da sprach mich dann Fred an. Fred sah nicht aus wie ein Gemüse, war aber Vegetarier. Er bestellte sich auch die Frischkäse-Canneloni und fragte, was ich so mache.

«Ich bin Sängerin. Tremolo-Alt.»

«Echt? Ich bin Tenor. Ey, das ist ja klasse, da können wir ja eine Session machen hier auf der Theke.»

Ich lachte. «Ne du, ich muss mit meiner Stimme ein bisschen aufpassen, hab morgen einen Studio-Event, da muss ich alpenquellenklar klingen.»

«Schon klar.»

Es war richtig gut, mal mit jemandem zu reden, der nicht so einen Schrott macht. Fred erzählte von seiner Band und dass er mit einem Orchester zusammen sänge, oft auch für Schallplattenproduktionen. Und schon konnten wir wunderbar ablästern. Er musste gut verdienen, denn er lud mich zum Essen ein, und um mich zu revanchieren, erzählte ich ihm von den euphorischen Zeitungskritiken, die ich für meine Klassikkonzerte bekommen hatte. Dass es ein Konzert in einem Kaff in der Nähe von Eckernförde und die Journalistin eine freie Mitarbeiterin war, die noch unters Jugendschutzgesetz fiel und die nicht mal wusste, was «adiago» bedeutet und wann man in einem Konzert klatscht und wann nicht, erzählte ich ihm nicht. Man muss auch mal Star sein dürfen. Und es machte Spaß, einer zu sein, und es fielen mir immer mehr Geschichten ein, der Gesanglehrer an der Schule, der gesagt hatte, ich hätte ein «Jahrhundert-a», der Theaterdirektor, der mir die Hauptrolle in einem neuen Musical geradezu aufgenötigt hatte, bis das Musical, das ohnehin nur in seinem Kopf existierte, dann gecancelt wurde und so weiter. Fred war begeistert und ich freute mich für ihn, als er von seiner Tournee sprach, die er nächsten Monat durch ganz Europa antreten würde. Natürlich, ich bin ja keine Landschnepfe, war das Ganze nicht ganz ohne Hintergedanken. Auf der einen Seite hatte ich einfach Lust zu vögeln, auf der anderen Seite war ein Mensch mit Kontakten zu Orchestern und Tourneeplanern aber auch genau das Richtige, Göttin, der Sechser im Lotto! Und als Fred dann einige Takte aus «Faust» summte, hörte ich trotz des Kneipenlärms, dass er eine wirklich gute Stimme hatte, und ich fiel ein, um ihm meinerseits zu zeigen, was ich so draufhabe, Dosensuppe hin oder her. Und wenn ich morgen kratzig klingen würde, würde ich einfach behaupten, das sei das Aroma der Rauchwürstchen, das ich musikalisch umsetzte.

Das Geilste aber war, dass wir irgendwann feststellten, dass wir im gleichen Hotel wohnten. Fred sagte, das sei echt die Katastrophe, seine Agentin habe eigentlich das Steigenberger gebucht, aber da sei etwas mit der Reservierung schief gelaufen und na ja Messezeit, da sei halt nichts anderes zu kriegen, aber gleich morgen würde er ins Steigenberger umziehen, und wenn ich wollte, könnte er mir da auch ein Zimmer organisieren. Aber ich lehnte ab, morgen war mein Gastspiel ja schon beendet. Wir gingen zusammen in die Kaschemme zur lustigen Filzlaus und fingen schon im Fahrstuhl an zu knutschen.

Aus dem Bistro hatten wir zwei Flaschen Champagner mitgenommen, die mich jetzt kalt an den Beinen berührten, als ich mich an ihn drückte. «Komm, ich fang dich gleich hier an zu lutschen», nuschelte er zwischen meinen Brüsten, «Sex, Drugs and Rock 'n' Roll.» Ich war angeschickert, lachte, öffnete eine Champagnerflasche und meine Beine.

Sein Bett im Hotelzimmer war mit Makosatin-Bettwäsche bezogen, wie die hierher kam, konnte ich mir nicht erklären, war mir aber egal. Wir rissen uns die Klamotten vom Leib, zogen eine Linie Koks, den Fred in seiner Hosentasche hatte, und beschlossen, mindestens ein Möbelstück in diesem Zimmer durch Ficken zu demolieren. Man ist seinem Ruhm ja etwas schuldig. Wir suchten den Nachttisch aus, weil der am sperrmüllartigsten aussah. Ich kniete mich nackt auf ihn, er schwankte schon verdächtig, und Fred stand hinter mir, goss den Rest des Champagners über mein Kreuz und wichste sich dabei einen. Es war großartig. Ich sagte keuchend alle Obszönitäten auf, die mir einfielen, und er wiederholte sie, und als er gerade dabei war, ein Kondom mit einer Hand über seine Möhre zu ziehen – er hatte nur eine Hand, weil er die Finger der anderen in meine Möse gesteckt hatte und ich ihn dort festklemmte, gelobt sei eine liebeskugeltrainierte Ringmuskulatur, genau in dem Moment brach die Kommode zusammen, und wir fielen lachend auf das makosatinbezogene Bett. Die Wäsche fühlte sich toll an, und als ich so an das neurodermitisfarbene Frotteegezumpel dachte, das auf meinem Hotelbett lag, war mir schon klar, wo ich übernachten würde. Wir fickten uns die Seele aus dem Leib, ich bestand auf ständigen Stellungswechsel, war längst zu betrunken, um meinen Orgasmus sanft über den Berg zu tragen, sondern fickte nur noch maschinell und laut grunzend.

Kurz bevor Fred kam, war ich noch einmal irre geistesgegenwärtig, stieß ihn zurück und herrschte ihn an: «auf die Knie», und Fred war so stoned, dass er sich winselnd in die Mitte des Zimmers auf diesem ekligen Velourpilz zusammenkauerte. Ich saß auf dem Bett, öffnete weit die Beine, streichelte meine Möse, und er sah zu und tropfte Speichel auf die Bakterienkulturen unter ihm. Dann säuselte ich: «komm zu Frauchen, na komm, du darfst deine Herrin glücklich machen.» Und er kam angekrochen, mit heraushängender Zunge und untertassengroßen Pupillen und leckte sich an meinen Schenkeln entlang bis zum heiß geschwollenen Allerheiligsten. Ich beschimpfte ihn weiter, das brachte ihn so richtig in Fahrt und mich in Schwung, und ich hatte noch nicht ganz ausgestöhnt, als er seine Zunge aus mir herauszog, mich auf den Bauch drehte und jetzt seinerseits begann, mich zu beschimpfen, während er mich zu Ende fickte. Er hatte das offensichtlich auch noch nicht oft gemacht, denn außer «meine kleine Schlampe» und «heißes Fötzchen» fiel ihm nichts ein, so wiederholte er es also dauernd, kam sich nach Herzen verrucht vor und sackte bald schweißüberströmt auf meinem Kreuz zusammen. Alles in allem war es richtig nett. Dann küssten wir uns lieb und spitzlippig, fast ehelich keusch, und schliefen auch gleich ein.

Nachdem ich die Ekeldusche wider Erwarten überlebt hatte und keine schleimigen Algen meine Waden hinaufwuchsen, traf ich Fred im Frühstücksraum. Einen Tisch weiter saßen die geschätzten Kollegen, der Spargel, die Kartoffel, die Horde Erbsen und die Schwarzwurzel, und kochten gemeinsam schon ihren Brei aus Gewäsch. Der Produzent kam mit wehendem Schal überschwänglich angelaufen, herzte die Schwarzwurzel und sagte weltmännisch etwas von «ja sicher, Ogon» und zwinkerte mir dabei zu, es ging wahrscheinlich um die vereinbarte Barbezahlung. Fred und ich redeten gerade über seine nächste Aufnahme und meinen Event, und ich wartete wie auf glühenden Kohlen auf zwei Dinge: auf seine Telefonnummer und auf den damit verbundenen Satz «Ich werd mal sehen, ob ich nicht was für dich tun kann» oder noch besser: «Warte mal, ich will dich da jemandem vorstellen.»

Und da kam ausgerechnet der Ogon an unseren Tisch, ich versuchte ihn abzuwimmeln, aber er pflanzte sich doch tatsächlich zu uns, und ich, der Star aller Tremolo-Altistinnen schrumpfte zur Zucchini zusammen. Gerade hielt er mir ein neues Dosenetikett unter die Nase, als ein anderer ebenfalls exaltiert mit seinem weißen Schal um sich schlagender Mensch in den Frühstücksraum kam, sich umsah und dann leicht hysterisch quengelte: «Ist hier irgendwo die Edelsalami? Ja wo ist denn der Tenor für die Metzgerreklame?» Fred sprang auf, hackfleischrot im Gesicht, und brummte «komm ja schon» und sah mich achselzuckend und bedauernd an.

Höhnisch gelächelt habe ich nicht. Keine Miene verzogen. Nicht ein dummer Spruch kam über meine Lippen. Als Zucchini weiß ich, was sich gehört.

Die schwärzesten Witwen

Walter mit Chili und Paprika zu würzen war Jordis' Idee. Die beiden anderen widersprachen nicht, denn erstens war Jordis die Küchenchefin, zweitens war er immerhin ihr Mann gewesen, und drittens bekam Walter so posthum eine Schärfe, die er zu Lebzeiten nicht gehabt hatte. «Und weil ihm schon immer ein bisschen Feuer unter dem Hintern gefehlt hat, schlage ich vor, dass wir ihn grillen», fuhr Jordis fort. Swantje pinselte gleich den Rost mit Fett ein, während Lisa in die Kohlen blies. «So bekommt er doch noch ein schönes Fegefeuer», schwärmte Swantje und verteilte die Filets, die Jordis in exakt 200 Gramm schwere Scheiben geschnitten hatte, auf dem Rost. Es brutzelte, und die Küche füllte sich langsam mit würzigem Fleischgeruch. «Was nehmen wir dazu? Kroketten?», schnüffelte Lisa genießerisch Richtung Grill und ging dann unwillig aus der Küche, weil ein Gast gerufen hatte.

«Ich werd dann auch mal wieder», murmelte Swantje, griff sich in den tiefen Ausschnitt ihres Minikleids und richtete vorsichtig ihre Brüste im BH, wie man zwei Reibeklöße aus siedendem Wasser mit einer Kelle herausschöpft, und bezog wieder Stellung hinter der Bar. Sobald sie sich vor den Likör- und Spirituosenflaschen positioniert hatte, verwechselte sie die Artikel, ignorierte die Akkusative und stellte die Wörter im Satz so konfus um, bis sie selber kaum noch wusste, was sie eigentlich sagte. Die Gäste erkannten sie so bereits nach dem ersten Satz als ein holländisches Meisje und feierten sie als «charmant» und «exotisch», obwohl das Holländischste an Swantje der von ihr gekaufte Käse war, mit dem sie Teile von Walter überbacken wollte, falls die Gäste etwas übrig ließen. Wahrscheinlich war das nicht. Seit Jordis, Lisa und sie das kleine Restaurant *Chez Robak* eröffnet hatten, fielen sie jeden Abend ein wie die Heuschrecken und vertilgten begeistert alles, was die Küche hergab.

Swantje stand gern hinter der Bar, hier konnte sie niemand anlangen, und sie hatte einen guten Blick über das gesamte Lokal. Das war heute Abend besonders wichtig, weil ein ganz besonderer Gast erwartet wurde. Sogar zwei, wenn man es genau nahm: Henrik, Lisas Mann, mit dessen Geld sie das Lokal vor einem halben Jahr gekauft hatten, und Bodo von Quellental, der genauso kitschig aussah, wie er hieß, und sich für den renommiertesten Restaurantkritiker von ganz Hamburg hielt. Leider hatte er Recht, und Jordis überlegte schon, seit aus verlässlicher Quelle das Gerücht zu ihnen durchgesickert war, dass er sich die Ehre geben würde, was man dem von Quellental wohl vorsetzen könnte. Er war ein Fleischliebhaber, das war bekannt. Walter war bereits mariniert und wartete. Dazu würde sie ihm eine Terrine aus verschiedenen Gemüsen reichen, die so jung waren, dass sie noch unter das Jugendschutzgesetz gefallen wären, wenn Broccoli und Möhren eine Gesetzgebung hätten. Auf ihre selbst gemachten Quarkkroketten war Jordis besonders stolz, jede einzelne sah aus wie ein Kunstwerk. Noch während Jordis ihre aufs Blech gespritzten Türmchen bewunderte, klingelte es einmal kurz in der Küche, dann noch einmal. Swantje hatte den Schalter unter der Bar gedrückt, beide Gäste waren also angekommen und würden nun die eine oder andere Überraschung erleben.

Henrik orderte einen Scotch und klaubte dabei seine Augäpfel nur langsam aus Swantjes Dekolleté. «Was ’n das für ’n Event», nuschelte er ihr zu, und sie wusste, dass er so verwaschen sprach, weil er in Gedanken an einer ihrer Brustwarzen nuckelte. «Verschluck meinen Piercing-Ring und erstick dran», dachte Swantje und säuselte dann zuckergussig: «Jordis, Lisa und ich haben uns ausgedenkt eine leckere Spaß, wirst sehen.» Sie schüttete ihm noch einen Scotch ein, beugte den Oberkörper tief nach vorne, berührte mit dem Kinn fast die Theke und streckte den Po heraus, während sie flüsterte: «Es wird werden ganz ganz doll», und sie wusste, dass sich ihr Minikleid, wenn sie so stand, genauso weit hinaufschieben würde, dass er im Spiegel hinter ihr zwischen dem Glas mit den Zitronenscheiben und dem Telefon sehen konnte, dass sie keinen Slip trug. Ihr Mösenhaar hatte sie am Vorabend leuchtend blau gefärbt, damit kam sie sich zwar vor, als hätte sie ständig einen Punk zwischen den Beinen, aber Lisa hatte ihr versichert, dass es ziemlich scharf aussehe und Henrik völlig um den Verstand bringen würde. Und dazu war er schließlich da. Allerdings nicht sofort, und damit Henrik nicht rückwärts vom Barhocker fiel, richtete sich Swantje wieder auf und wies ihm mit einem Kopfnicken einen Tisch zu, «da ist frei». Den von Quellental hatte Lisa gegenüber dirigiert, sodass sie sich beim Essen ansehen würden.

Beide saßen. Showdown!

Von der Theke aus blinzelte sie Lisa zu, die gerade zwei große dampfende Teller vor ein Yuppiepärchen stellte. Die Yuppies waren zwar nett, aber sie swingten zu viel zwischen den einzelnen Restaurants, was das *Chez Robak* brauchte, war Stammkundschaft, und deshalb war der Quellental-Auftritt ein großes Glück, wenn alles glatt ging. Aber Jordis konnte in der Küche zaubern, und es würde schon alles perfekt klappen. «Na, Walter, da zischst du nur, na, hast ja nie viel gesagt», flüsterte Jordis über den Grill gebeugt und begoss ihn noch einmal mit Whisky.

Lisa schlängelte sich zwischen den Tischen und Stühlen hindurch. Sie war eine dicke kleine Person mit wallendem Haar und einem wunderschönen Hals, einem Fetischistenhals, und es kam nicht selten vor, dass ihr einer der Yuppies beim Bezahlen mit der Kreditkarte auch seine Telefonnummer gab und ihr seine Eckzähne zeigte, was wahrscheinlich ein Verführerlächeln darstellen sollte. Lisa hortete diese Zettelchen als Trophäen, hatte aber nie eine Nummer angerufen. Bis letzte Woche, als sie beim Großhändler Spargel vergessen hatten und Lisa am frühen Abend noch einmal losziehen musste. Und da hatte sie Henrik gesehen in einer Seitenstraße, wie er eine Barbiepuppe über ein Motorrad gelehnt fickte. Sie hatte den Rock hinaufgeschoben, und er pumpte wie eine Maschine im Titanicschiffsbauch, der Eisberg kam näher, riss den Bug auf, Wassermassen stürzten hinein, überfluteten alles, die Barbie stieß ihn mit dem Hintern von sich, zog den Rock wieder hinunter und ging. Lisa konnte Henrik noch tropfen sehen und dachte sich «na warte». Am gleichen Abend servierte Swantje im Restaurant, schüttete mehr als einem Gast die Soße über die Hose und entschuldigte sich mit den absurdesten Behauptungen wie etwa, sie würde zu Hause immer nur Klompen, Holzschuhe, tragen und sei diese Pumps nicht gewöhnt. Die Gäste fielen in ihren Ausschnitt und fanden sie charmant.

Währenddessen zog Lisa im Hof hinter der Küche einen Yuppie durch. Yuppiesex war nicht das Wahre. Der Dreitagebart kratzte auf ihren Schamlippen, die vielen Ringe waren kalt und fremd, als der Auserwählte ihr erst einen und dann einen zweiten Finger hineinschob, und zwischendurch klingelte sein

Handy. Immerhin ließ er es klingeln, ein Kavaliersyuppie. Aber der Hinterhausfick war trotzdem nicht der Hit. Und als Rache völlig ungeeignet, denn hinterher war Lisa noch genauso wütend wie vorher.

Henrik betrog sie bestimmt schon seit Jahren, und zu Hause erzählte er ihr dann etwas von Stress im Büro oder er spulte seine gemeine neue Mann-Masche ab: Entweder redete er, wenn er merkte, dass Lisa genitaltechnisch in die Gänge kommen wollte, ununterbrochen von Kindheitserlebnissen und seiner Psyche und betonte, wie toll es doch sei, als Neuer Mann endlich einmal nur kuscheln zu dürfen, oder er behauptete einfach leicht geniert, er bekäme keinen hoch, und feierte wieder das Neue-Mann-Dasein, das ihm erlaube, seine Versagungsängste der geliebten Partnerin zu offenbaren. Nach so etwas konnte Lisa natürlich nicht meckern und auf die bundesdeutschen dreizehneinhalb Minuten Geschlechtsverkehr bestehen. Und hinter ihrem Rücken trieb er es also mit irgendwelchen Barbies.

Das musste bestraft werden. Jordis und Swantje fanden das auch. Und während der gemeinsamen Küchenarbeit waren sie auf die Idee mit Walter gekommen. Walter langweilte Jordis schon seit Jahren. Er war nicht der Mann, der irgendetwas leidenschaftlich und radikal machte. Wenn er sich überfahren ließe, dann todsicher von einem Krankenwagen. Entweder er war nicht da, oder sie wünschte, er sei es nicht. Außerdem betrog er sie ebenfalls. Und während sie so auf das brutzelnde Fleisch sah, freute sie sich wieder auf alles, was kommen würde.

Die Portionen für Quellental und Henrik waren gleichzeitig fertig. Von Quellental bekam ein Lendenstück, Henrik ein Hacksteak. Jordis servierte beiden persönlich, und Lisa setzte sich zusammen mit ihr zu Henrik, während Swantje den einzigen Ausgang sicherte. Henrik aß wie ein Hängebauchschwein, und wenn er weiterhin solche Mengen verschlang, würde er auch bald so aussehen, Lisa tat es nicht Leid, ihn bald los zu sein. «Na, Henrik», sagte Jordis, «schmeckt's?» Henrik, der Jordis nicht ausstehen konnte, weil sie größer war als er, meistens anderer Meinung und dazu auch noch offensiv bisexuell, grummelte etwas Zustimmendes. Es lief so perfekt, dass Lisa beinahe unheimlich wurde. Von Quellental spachtelte am anderen Ende des kleinen Saales, und Henrik fragte gerade «Wo isn eigentlich Walter? Wollter nich auch kommen?» Dabei stieß seine Gabel an ein kleines Stückchen Metall. Jordis lächelte, sie beugte sich zu ihm herüber und hauchte: «Du isst ihn gerade.»

Henrik lachte mit offenem Mund, auf seiner Zunge lag ein Speichelbrei aus Fleisch und Kartoffelquarkmus. Dann schob er mit dem Messer einen goldenen Ring über den Teller. «Ups, wir haben vergessen, Walters Ehering abzumachen, als du die Hand durch den Fleischwolf gedreht hast, deshalb ist er eben kaputtgegangen», zischte Lisa. Henrik bekam die Farbe von blanchiertem Sellerie in Senfsauce und wollte den Bissen auf den Teller spucken. Aber Lisa hielt ihm schnell die Hand vor den Mund und säuselte: «Das würde ich nicht tun. Denn erstens sitzt Hamburgs berühmtester Restaurantkritiker dir direkt gegenüber, und wenn der eine schlechte Kritik schreibt, und das tut er, wenn du hier alles ausgöbelst, dann kommen wir nie raus aus den roten Zahlen, und du musst blechen und blechen und blechen. Und außerdem kommst du hier nur lebend raus, wenn du brav deinen Teller aufisst. Du hast doch eben Swantjes blaues Kätzchen gesehen, eine Handbreit höher hat sie eine Pistole im Rock, die ist geladen und ganz klein und ganz leise, und damit erschießt sie dich, wenn du versuchst, dich dünne zu machen. Also iss weiter. Ein Löffelchen für den armen Walter, dem es eh nichts mehr hilft und der es nicht anders verdient hat.» Henrik hielt den Ring nah an die Augen, kein Zweifel, es war Walters Hochzeitsring.

«Er hat mich nämlich betrogen», klärte Jordis Henrik auf, der mittlerweile zitterte wie eine gerade gestürzte Mokka Charlotte, «und Männer, die ihre Frauen betrügen, sind Schweine und werden auch so behandelt.» Sie schob Henrik eine Gabel Hackbraten in den Mund, «wie Schweine», wiederholte Lisa, «gehäutet, ausgenommen, filetiert und gebraten, oder wie hier zu sehen: durch den Wolf gedreht.» «Ehrlich gesagt», fuhr Jordis fort und fütterte Henrik weiter, «hat mir Walter noch nie so gut geschmeckt, seine Küsse waren flüssiges Spülwasser, sein Sperma eine versalzene Bouillabaisse, aber mit Paprika und Chili als Hacksteak entwickelt er ungeahnte Qualitäten.» Henrik sträubte sich zwar, aber Jordis legte ihm zur Motivationssteigerung ein großes Küchenmesser, das sie in der langen Schürze verborgen hatte, mit der Klinge über den Schniedel, und Henrik aß. Er wurde abwechselnd quittegrün, sahnebleich und krebsorange, aber er aß. Dann kaute er gar nicht mehr, sondern schluckte das Fleisch nur noch in großen Bissen und schließlich war der Teller leer. «Ich will hier raus», japste er. Lisa stand auf, um von Quellental, dem es offensichtlich hervorragend geschmeckt hatte, Wein nachzugießen, und Jordis drückte das Messer etwas fester an Henriks Lederhose, bis Lisa sich wieder zu ihnen setzte.

«Du bist doch auch so einer, der seine Frau betrügt, Henrik, tsetse, fickst Barbiepuppen in Seitenstraßen, das gehört sich aber nicht, das ist schon ziemlich schweinisch.» «Wir haben uns also überlegt, ob wir aus dir lieber einen Filettopf oder eine Pastete machen», ergänzte Lisa, «es sind noch Reste von Walters Leber da, mit Blätterteig wird das bestimmt sehr delikat.» Henrik versuchte, Lisa beiseite zu boxen, um aus dem Restaurant zu laufen, aber Jordis hielt das Messer wieder auf ihn gerichtet und drückte ihn auf die Bank zurück. «Nana, keine Sorge, du warst uns zu verfettet für einen Filettopf und zu proletarisch für eine Pastete. Wir werden also ganz ordinäre Schnitzel machen oder ein Gulasch vielleicht, es sei denn …» «Es sei denn was?», quiekte Henrik. «Es sei denn, du gehst jetzt auf die Bühne da vorne und ziehst dich aus – und zwar mit Gefühl, wenn ich bitten darf. Du hast doch draußen das Plakat gesehen. Warum denkst du wohl, ist es heute so voll? Du bist der Event des Abends. Sexy Henrik.» «Ihr könnt mich mal», schnaufte Henrik. «Wir können dich mal zersägen», raunzte Lisa, «glaub nicht, dass du andernfalls hier lebend rauskommst, ich meine das wirklich ernst.» Jordis machte sich kurzzeitig Sorgen, ob Henrik sich vielleicht vor Angst in die Hose machen würde, das wäre kein guter Geruch für ein Restaurant, das bald im Kulinarienführer stehen sollte. Von Quellental winkte, und Lisa ging zu ihm, um zu kassieren und um ihn zu verabschieden. «Er war abartig arrogant, ein richtiger Fischkopf, aber ich denke, Walter hat ihm geschmeckt», verkündete sie und sah kalt auf Henrik hinunter. «Was is? Event auf der Bühne oder Henrik auf Toast?» Henrik schloss die Augen und presste die Lippen zusammen. «Bühne.»

Auf Lisas Kopfnicken hin schaltete Swantje die Hauptbeleuchtung aus, sodass nur noch kleine Lampen auf den Tischen brannten. Die Gäste wurden ruhiger. Swantje richtete einen Spot auf die Kleinkunstbühne, und Jordis führte Henrik nach oben: «Mach es bloß ordentlich, unter einer Viertelstunde kommst du hier nicht runter und mach was Scharfes, darin bist du ja Meister, oben liegen übrigens Handschellen, Lackmasken, Dildos und so weiter, du weißt schon.» Dann stand Henrik im roten Scheinwerferlicht. Jordis klatschte in die Hände und rief: «der Event des Abends: Strip-Karaoke. Wer ein bisschen empfindlich ist, sollte jetzt besser die Rechnung verlangen. Henrik – strip um dein Leben!» Und sie lachte. Und alle anderen außer Henrik lachten auch.

Während er sich linkisch zu der Maxiversion von «Je t'aime» bewegte, standen Jordis, Lisa und Swantje hinter der Bar und stießen mit einem Glas Champagner an. Die Gäste waren begeistert. Henrik trug eine Seidenboxershort, und als er ein paar Tanzschritte machte, sah man von unten ein Stückchen seines Schniepels hervorlugen, klein, schrumpelig und ängstlich. Swantje deutete auf seine Shorts und überlegte laut: «Seinen Schniepel könnten wir frittieren. Wie ein Frikandell in den Nederlands, da weiß man auch nie so genau, was eigentlich drin ist.» Jordis und Lisa kicherten. «Wir haben noch eine Überraschung für dich, Herzelchen», sagte Jordis und blinzelte Swantje verschwörerisch zu. «Wir haben uns nämlich überlegt», erklärte sie, «dass wir dir nochmal ein Hinterhoferlebnis verschaffen wollen, allerdings eins, das wirklich heiß ist, und zwar von der Sorte, wie du noch nie eins hattest.» «Habt ihr mir einen Yuppie ohne Handy aufgetrieben?», lachte Lisa, «vielleicht einer mit einem Minifaxgerät, da kommt's mir bestimmt sofort, wenn das piept.» «Da wird gar nichts piepen», hauchte Swantje, kniete sich vor Lisa unter den Tresen und zog ihr den Slip herunter. «Und jetzt guck mal möglichst beiläufig», flüsterte Jordis ihr ins Ohr und strich ihr über die Hinterbacken, «an den Busen langen kann ich dir hier ja nun leider nicht, das würden die Gäste merken, obwohl: Die sind so beschäftigt mit Henrik, oh, guck mal, er schiebt sich einen Dildo in den Hintern, wie goldig, du hättest ihm in eurer Ehe öfter mit Toast drohen sollen, dann wäre er da vielleicht auch schon einfallsreicher gewesen.»

Lisa sagte nichts mehr, sondern stöhnte nur noch. Swantje konnte offensichtlich genauso schnell lecken wie sprechen, Lisa knickte ein bisschen in den Knien ein und kreiste ihre Möse um Swantjes Mund. Swantje hatte eine Hand zur Faust geballt und drückte sie feste gegen Lisas Möse, sodass die angewinkelten Finger genau bis zum Eingang kamen. Lisa war eine geschüttelte Flasche Champagner, immer mehr Perlen drängten nach oben, der Korken flog, Lisa sprudelte über. Henrik apportierte gerade eine Lederpeitsche, die ein Gast geworfen hatte, auf allen vieren über die Bühne, und Lisa nahm Swantjes feuchte Hand und half ihr beim Aufstehen. «Je t'aime» ging zu Ende, Lisa küsste Jordis und Swantje auf den Mund und machte Henrik ein Zeichen, dass er sich nun genug blamiert habe. Er raffte seine Sachen zusammen und stürmte nach draußen. «Schade», meint Swantje, «nu isser weg.» «Ihm entgeht das Dessert», lachte Jordis: «Crêpe à la Walter!»

«Du hast einen Crêpe nach mir benannt?», an der Theke stand Jordis' Mann und sah vom Reisen zerknittert aus. «Sorry, mein Zug hatte Verspätung, hab ich den Event verpasst? Was war's denn?» «Karaoke», strahlte Jordis und gab ihm einen Kuss auf die Wange. «Aber jetzt muss ich zurück in die Küche.» «Machste mir 'n Scotch?», sagte Walter zu Swantje und warf seine Augen samt Brauen und Brille zwischen ihre Brüste. «Klar», sagte sie und beugte sich weit vorwärts.

In der Küche standen Jordis und Lisa zusammen. Auf dem Tisch lag eine große Lammkeule. «Und wer ist das?», fragte Jordis, und Lisa entschied: «Henrik. Das ist Henrik, wir haben ihn in einer Seitenstraße direkt auf einer Barbie abgestochen und dann hier im Hinterhof ausgenommen. Ich bestimme, dass er nur mit den teuersten Gewürzen verfeinert wird, damit er mal ein bisschen Niveau entwickelt.» Jordis nickte und kramte nach Safran und den Lorbeerblättern. «Hast du seinen Ehering?», fragte sie, und als Lisa ihn ihr reichte: «Na, dann hoffe ich mal, dass Walter großen Appetit haben wird.»

Im Dunkeln

Es gibt keine Zärtlichkeit zwischen uns, keine Vertraulichkeit, kein Erkennen und keine Nachsicht. Wenn wir uns auf der Straße begegnen, sagt sie nicht einmal «schön dich zu sehen», aus Angst, jemand könnte sehen, was wir tun. Ich denke, die größte Angst hat sie davor, dass sie selbst sehen könnte, was wir tun. Deshalb ist es immer dunkel, wenn wir uns treffen.

Ich komme spätabends, auf der Straße spielen keine Kinder mehr, und die Nachbarn sitzen vor dem Fernseher. Sie sagt: «Willst du etwas trinken?», und ich will immer. Ich kenne ihre Wohnung nicht. Ich weiß nicht, wie das Wohnzimmer eingerichtet ist oder ob sie wie ich fast ausschließlich in der Mikrowelle kocht. In der Diele brennen Kerzen auf einem Leuchter, das Licht schaltet sie nie an. Direkt neben dem Leuchter steht auf der Kommode Wein in einer Karaffe und ein Glas. Das schenkt sie mir ein. Ich trinke es im Stehen in der Diele. Sie lehnt gegen die Wand und sieht mich nicht an.

Ich habe mich den ganzen Nachmittag zurechtgemacht. Sie ruft mich mittags im Büro an, wenn ihre Kollegen in der Pause sind, und ich gehe dann früher nach Hause, mit irgendeiner Entschuldigung. Sie ruft mich nicht oft an, also fällt es nicht so auf. Zu Hause bade ich, rasiere mir Achseln und Beine und dann, während ich an sie denke, an ihre unordentlichen Haare, ihre Jeans und die Schlappen, in denen sie immer herumläuft, auch die Schamlippen, nicht so, dass man es sieht, nur ganz innen, damit ihre Finger, wenn sie durch die Haare streichen, ganz plötzlich den Halt verlieren und hinabgleiten, dahin, wo ich sie erwarte, wo ich sie kaum noch erwarten kann.

Sie hat diese Schlappen auch heute an. Ich trinke mein Glas leer. Sie sagt «gut», nimmt es mir aus der Hand, pustet die Kerzen aus und geht vor mir die Treppe hoch.

Sie wohnt in einem spießigen kleinen Häuschen, wie es Dutzende in der Straße gibt: Lehrerhäuschen, für Standardfamilien mit zwei Kindern, die alle Namen mit dem gleichen Anfangsbuchstaben haben, Lara und Lisa oder Sarah und Sonja, und ohne Tiere, weil Tiere Dreck machen.

Das Haus ist so eng, dass ich mir immer vorstelle, es wäre um sie herumgebaut worden. Ob sonst noch jemand hier wohnt, weiß ich nicht, aber ich nehme es an. Gesehen habe ich nie jemanden. Wenn wir so hintereinander die Treppe hochgehen, überlege ich mir immer, was sie tun würde, wenn ich jetzt meine Hand ausstrecken und ihr zwischen die Beine langen würde. Oder ich könnte in ihre gewaltigen Hinterbacken kneifen. Vielleicht würde sie kichern. Wesentlich wahrscheinlicher ist allerdings, dass sie mir eine knallen und mich rauswerfen würde. Ich versuche es nie.

Das Schlafzimmer ist oben. Auch hier schaltet sie kein Licht ein. Ich weiß, dass das große harte Futonbett, ein Schaumstoffblock mit der Erotik eines Schafotts, rechts an der Wand steht. Sie sagt: «Hast du die Tage, willst du ein Handtuch?» Ich sage «nein» und frage mich, ob sie das braucht, ob es sie vielleicht anmacht, alles zu vermeiden, was auch nur im Entferntesten romantisch oder persönlich wäre. Im Dunkeln höre ich ihre Gürtelschnalle und das Geräusch, wie sie die Jeans über den Riesenhintern schiebt und sich die dünnen geschmeidigen OP-

Handschuhe anzieht. Meine Seidenstrümpfe und das Spitzenhöschen lasse ich einfach fallen, sie würde nicht damit spielen, wenn ich es im Bett noch anhätte, sie würde vielleicht gar nichts mehr tun.

Es gibt keine Verführung, kein Geheimnis.

Wir liegen nackt nebeneinander auf dem harten Futon, und ich überlege, ob ich sie zwingen soll, anzufangen. Ich könnte einfach gar nichts tun und abwarten, irgendwann würde sie schon kommen. Oder auch nicht. Einmal habe ich es bis nach Mitternacht ausgehalten, mich einfach hingelegt und gar nichts getan. Und dann fing sie irgendwann neben mir an zu weinen. Das ist ein Sieg für mich, dachte ich zuerst, erst Tränen und dann ihre Hand. Aber ihre Hand kam nicht. Sie weinte einfach weiter, bis ich meine ausstreckte. Und dann musste alles ganz hastig gehen, weil ich so lange gewartet hatte und sie immer will, dass ich gegen eins gehe. Also versuche ich das heute gar nicht erst.

Ich streife die Handschuhe über und rollte mich zu ihr hinüber, ohne mich anzuschmiegen. Kein Streicheln, kein Kuss. Die Fingerkuppen setze ich wie ein großes Insekt auf ihrer Möse auf, trippel ein bisschen auf den Härchen herum, tauche einen Finger wie einen Rüssel hinein, sie fließt über, wie üblich, und macht die Beine so breit, wie sie nur kann. Ihr linker Fuß reibt sich an der Strukturtapete. Ich strecke den Kopf vor und sauge mich an ihrer Brustwarze fest. Sie atmet die Luft stoßweise durch die Nase ein, manchmal klingt das, als würde sie schnarchen. Erst wenn sie weiß, dass es bei ihr nicht mehr lange dauert, dreht sie sich zu mir herum, presst meine Brust oder reibt mit der flachen Hand darüber, zu feste, fahrig, wir haben uns nie gesagt, wie es sein sollte, ich werde trotzdem immer schnell feucht. Kurz bevor sie kommt, legt sie mir die Hand zwischen die Beine, zwei Finger drückt sie tiefer in mein weiches nasses Fleisch, sie reibt und rubbelt, stoßweise, mechanisch, ich drehe mein Becken so, dass ihre Finger auch wirklich über meinen Kitzler reiben, manchmal stemme ich den Hintern hoch und zucke ein bisschen zurück, damit sich der Reiz verändert. Ich tippe mit einer Fingerkuppe auf ihren Kitzler und lasse den Daumen in sie hineingleiten. Ich stöhne nicht, ich lasse es sie nie wissen, wann es mich wegschwemmt. Meine Orgasmen sind schnell und kurz. Die restliche Zeit gehört sie mir.

Ich stoße ihre Hand weg, sie legt sich augenblicklich auf den Rücken, fasst mich nicht mehr an. Jetzt kann ich mich über sie knien und ganz langsam mit breiter Zunge über ihre kleinen Brüste lecken. Jetzt kann ich sie berühren, am Hals, im Gesicht, auf dem Bauch, an den Beinen, die auf dem Laken zucken. Ich fühle, wenn ihre Möse ganz leise zu zucken beginnt, und ich kenne das schnorchelnde Geräusch, wenn sie die Luft durch die Nase einatmet und nicht genug bekommt. Dann sage ich es. «Willst du es?», sage ich. «Willst du, dass ich dich ficke? Willst du gefickt werden?» Zwischen zwei Schnorchlern wimmert sie etwas, von dem ich weiß, dass es ja heißen soll. Ich bearbeite sie, mache sie fertig, umkreise ihren Kitzler, dehne ihre Möse, sauge die Brust in den Mund, so weit es geht, stoße ihr die Finger hinein, dann wimmert sie lauter, wird schriller und schlägt mit der Faust gegen die Wand. Am liebsten wäre es ihr, wenn ich jetzt meine Finger sofort aus ihrer Möse ziehen und mich anziehen würde, aber ich bleibe einfach sitzen und fühle, wie sie zuckt.

In den drei oder vier Minuten zwischen der immer gleichen Frage und dem immer gleichen Schlagen gegen die Wand gehört sie mir. Ich kann mit ihr tun, was mir gefällt, und ich weiß, dass sie nicht mag, dass es ihr nicht gefällt, was ich mit ihr mache. Das ist meine Macht über sie. Bald nehme ich meine Finger aus ihr, das saugende Geräusch dabei ist ihr peinlich, sie presst die Knie schon wieder zusammen und wickelt sich hektisch in ein Laken. Ich stehe auf und ziehe mich an.

Wenn wir uns morgen auf der Straße sehen sollten, wird sie außer einem «Hallo» nichts sagen, und sie wird sich ärgern, wenn es nicht spöttisch und abweisend genug klingen sollte. Und irgendwann, Wochen später, wird sie mich wieder anrufen und nur sagen: «Ich bin's» und warten, dass ich frage: «Heute Abend?» Und ich werde früher gehen und mich zurechtmachen. Mehr kann ich nicht verlangen.

Nach meinem ersten, allerersten Schritt, einem Kuss in einem dunklen Hausflur, in den ich sie gedrückt habe, um mir ihre Zunge in den Mund zu holen, um ihr zu zeigen, wie nass sie zwischen den Beinen werden kann, selbst wenn sie ihre Jeans anbehält, nachdem ich alles gesagt habe, was ich über sie weiß, ihre ganzen Masken abgerissen und in diesem dunklen Hausflur liegen gelassen habe, nachdem ich ihr die Erkenntnis aufgezwungen habe, dass ihr perfektes Leben nicht ganz so perfekt ist, wenn es jemanden wie mich darin gibt, gewähre ich ihr die Macht des ersten Schrittes. Alle weitere Macht, das weiß sie und deshalb hasst sie mich, liegt bei mir.

Ich nenne sie Marnie, obwohl sie Maren heißt und Verniedlichungen verabscheut. Im Kindergarten haben wir sie Marnie gerufen. Ich habe sie geliebt vom ersten Moment an. Und ich wusste sehr schnell, dass Marnie mit einer üblichen Kinderliebe nicht erledigt war, ich wollte sie für mich allein haben. Und sosehr sie sich auch dagegen gewehrt hat, sosehr sie versucht hat, mich zu verletzen, indem sie mich mit anderen Kindern über den Schulhof jagte oder mich nicht mitspielen ließ, sie wusste damals schon, dass ich die Stärkere von uns beiden bin und Recht behalten würde. Und jetzt habe ich sie ganz für mich alleine. Drei oder vier glitschige, salzige Minuten alle paar Wochen.

Das muss reichen.

Riese in Öl

Er war Maytes weißer Riese. Gefunden hatte sie ihn mitten zwischen den Weichspülern. Er stand vor dem Regal, in der Hand eine Flasche des Waschmittels mit dem Kuschelbärchen, und schraubte mühsam die Kindersicherung auf. Dann beugte er sich runter, und er musste sich weit runterbeugen, und schnupperte an der Flaschenöffnung. Er war hellblond mit einer fast weißen Haut, er trug eine weiße Jeans und ein Hemd, auf dem der Name einer Firma stand, und er war riesig groß. Mayte wusste sofort, dass sie ihn haben wollte, denn nichts ist so praktisch wie richtig große Männer, also nicht die mittelgroßen, die sich beim Spazierengehen mit dem ganzen Gewicht ihres Oberkörpers auf die Schultern ihrer Begleitung wuchten, nicht die, die es nicht gerne sehen, wenn man Plateauabsätze trägt, weil sie immer wesentlich größer sein wollen als die Frau, die neben ihnen steht, sondern richtig große Männer. Solche, die über die Regale im Supermarkt gucken können, um die Deoabteilung zu finden. Solche, die Frauen ganz vorsichtig wie Teetassen oder Eichhörnchen im Streichelzoo anfassen, weil sie befürchten, sie könnten sie zerdrücken. Solche, in deren zeltartigen Sweatshirts man plötzlich wahnsinnig schlank aussieht. Solche eben, die beim Renovieren keine Leiter brauchen, weil es für sie reicht, sich auf einen Bierkasten zu stellen, um an die Decke zu kommen. Dieser weiße Riese war für Mayte ein richtiger Glücksgriff, denn einen

Bierkasten hatte sie, aber keine richtige Leiter, nur so einen dreistufigen Halsbrecher für Hausfrauen. Und renovieren musste sie dringend. Außerdem sah der Mann da vor dem Waschmittelregal aus wie weich gespült. Ganz weißblonde Härchen hatte er auf den Oberarmen, und sein Kinn war so glatt, dass es sie nicht kratzen würde, sollte es beim Renovieren zu mehr als nur zum Teppichaufreißen kommen. Mayte sah ihn sich ganz genau an, vor allem knöchelabwärts. «Am Fuß», so hatte ihre Tante Maria Theresia, nach der sie benannt war, immer gesagt, «am Fuß erkennst du einen Mann. Rund müssen die Fußknöchel sein, dann ist er zärtlich, sockenlos, dann ist er hemmungslos, handgefertigte Schuhe, dann hat er Geld.» Soweit sie sehen konnte, war der weiße Riese noch auf dem freien Markt, ringlos, nicht angeleint und unbeaufsichtigt, für den Ramschtisch war er zu knackig, für die Delikatessenabteilung zu unverdorben. Bei den Weichspülern stand er schon ganz richtig, und Mayte beschloss, sich ihm auf eine besonders unauffällige, subtile Weise zu nähern: Sie wollte Schwung nehmen und ihm ihren Einkaufswagen in die Hacken rammen. Der Riese würde in den Knien einknicken und ein Geräusch von sich geben, das Mayte darauf schließen ließ, er habe sich gerade am Weichspüler verschluckt. Mayte würde ihn anstrahlen und sagen: «Das tut mir aber Leid. Wie ungeschickt von mir.» Alles andere würde sich ergeben. Doch der Riese kam ihr zuvor.

Sie konnte es kaum fassen, als er mit spitzen Fingern eine Dose Schmierseife griff und dann auch noch versuchte, sie in seiner Hemdtasche zu verstauen. Der Mann war ja gut. Er hatte zwar einen Oberkörper wie Popeye, aber selbst Popeye sieht mit einer Brust in Form einer Schmierseifendose ausgesprochen verdächtig aus. Mayte wollte schon eine spitze Bemerkung fallen lassen, dass man, wenn man schon klaut, kleiner als das Regal sein sollte und schon gar nicht Jagd auf solche idiotischen Pfennigartikel wie Schmierseife machen sollte. Doch da stürzte schon ein schnauzbärtiger Seelöwe im dunkelblau gestreiften Anzug auf den Riesen los und rief: «Sie da, warten Sie mal.» Mayte überlegte nicht lange, scharrte mit den Hufen, passte den Seelöwen ab und riss dem Riesen die Dose aus der Hand.

«Doch nicht die, Putzi», raunzte sie ihn an, betont geduldig wie Frauen, die mit lebenslangen Pflegefällen in Sachen Einkauf verheiratet sind. «Die mit dem Umweltengel! Nu denk doch mal an all die Flüsse im Amazonas und die goldigen kleinen Koalabärchen, die sterben doch alle, wenn du so ein Zeugs hier nimmst.» Auf die Schnelle fiel ihr einfach nichts Besseres ein. Der Riese brauchte eine Weile, bis Maytes Operettenauftritt, der schnaufende Seehund und die Umweltengel-Dose in seinem Hirn weit dort droben jenseits der Regale angekommen war, aber dann fing er sich schnell wieder und er legte Mayte den Arm um die Schulter, von oben nach unten funktionierte der Informationsfluss offensichtlich besser als umgekehrt. «Das tut mir so Leid, Weibili. Ich bin aber auch ein Dummer.» «Ach, mein Zuckerhase.» Der Seehund kam sich verarscht vor, keine Frage. Aber machen konnte er nichts. Niemand hatte etwas eingesteckt, und nur verdächtig zu sein reichte nicht aus, seine Tagesquote war im Eimer, er konnte seiner Filialleiterin nicht den Kopf des Riesen auf einem silbernen Tablett zum Kassenschluss überreichen, er war frustriert und zog ab. Mayte zwinkerte ihm zu.

«Putzi?» Der Riese trat einen Schritt zurück und machte ein Gesicht, als müsse er den Weichspüler jetzt gleich auf ex trinken. «Weibili war ja auchn büschn heftig», lachte Mayte zurück und legte den Kopf in den Nacken, um ihm ins Gesicht zu sehen, «ich hab dich gerettet.»

«Wenn de meinst.»

«Dafür könntest du mir eigentlich dankbar sein.»

«Bin ich ja auch.»

«Wieso klaustn Schmierseife?»

«Weiß nich.»

«Ich habn Gefallen bei dir frei.»

«Jau.»

«Streichst du meine Wohnung? Ist eh nur ein Zimmer.»

«Wow, das erotische Angebot des Tages.»

«Renovieren oder eine Schmierseifenorgie mit dem Seehund. Du hast die Wahl. Vielleicht bin ich dir anschließend ja so dankbar, dass ich dir dann einen Gefallen schulde, wer weiß.»

Der Riese grinste:

«In den Klamotten kann ich nicht streichen.»

«Ziehst du sie halt aus.»

Maytes Wohnung war das Paradebeispiel einer Müllhalde. Bücher, Geschirr und Klamotten standen wild verpackt in großen Kartons herum. Die leichteren Möbel hatte sie aufeinander gestellt, und dazwischen türmten sich zerknülltes Zeitungspapier und alte Decken. In der Mitte des Zimmers hing das Bett. Es war riesig und an den vier Ecken mit Stahlseilen an der Decke verankert. In der Mitte sah man eine deutliche Kuhle, weil Mayte immer wie Prinzesschen mittendrin lag und selbst ihren geliebten Plüschgorilla Bertram und den Einsiedlerkrebs Hunfried an den Rand drängelte, bis sie hinausfielen. Wenn Mayte alleine darin schlief oder sich amüsierte, schaukelte es nicht, aber zu zweit konnte es schlingern wie ein U-Boot in einer Unterwasserströmung.

Der Riese stand in der Tür zwischen Küche und Schlafzimmer, sah sich um und sagte schließlich: «Ich heiße Björn.» «Schon gut», sagte Mayte, «rück doch schon mal die Möbel von den Wänden, ich zieh mich eben um.» Sie beugte sich vor, um ihre Schuhe aufzuschnüren, sah überkopf durch ihre Beine hindurch zur Tür, wo Björn immer noch stand und auf das Chaos starrte, und sagte: «Mayte. Ich heiße Mayte.»

Mayte hatte es ja gleich gewusst: Große Männer sind praktisch. Also nicht die mittelgroßen, die dauernd gegen die Lampen rennen und doch bei jedem Karton «Fass mal mit an» sagen, sondern die richtig großen, die eine Armspanne haben, dass locker ein halb ausgezogener Esstisch dazwischenpasst, die Türrahmen auch oben abkleben können, ohne sich einen Hocker zu nehmen, die mal eben mit einer Hand ein Sofa hochhalten und mit der anderen die Wand staubsaugen. Zum Renovieren sind große Männer unschlagbar. Und im Bett, na ja, da muss man sie halt ein bisschen manövrieren, wer mal versucht hat, mit einem Wohnmobil auf einem Studentenparkplatz oder in einem Cityparkhaus einzuparken, der weiß das, da braucht man ein bisschen Ruhe, viel Gekurbel und vor allem die Übersicht, aber irgendwie geht's immer, und man kann sich nachher auch ohne Scheu und trotz der zwei, drei Pfündchen um den Po herum von ihm ins Bad zum Duschen tragen lassen, was bei den wendigen, flinken, gleich großen nicht geht. Darüber sinnierte Mayte so vor sich hin, während der Riese die Kisten fachgerecht stapelte, das Bettzeug in eine große Tüte packte und das Bett mit einer der dünnen riesigen Plastikfolien abdeckte, die Mayte nach der Schmierseife noch schnell gekauft hatte.

Dann war er fertig mit Rümpeln, grinste sie an und zippte seinen Reißverschluss runter, stieg erst aus seinen Turnschuhen und dann aus seiner weißen Jeans. Er zog das Hemd über den Kopf und ließ die Muskeln spielen. Er lachte. «Hach, du Seebär», Mayte lachte auch. Dann stand er nur noch in einem bibogelben Lackstring vor ihr, der vorne von einem schwarzen Reißverschluss zusammengehalten wurde. Ein Zipp, und alles wäre freigelegt, so einfach ging das mit den Tapeten an der Wand nicht, die musste man mühsam abkratzen. Das war Mayte trotz Riesenhilfe nun doch zu umständlich, und sie beschloss, die Wände einfach abzustaubsaugen und dann neu zu streichen. «Gleiches Recht für alle», grinste sie, als Björn ihr seinen gelben Latexhintern zeigte und damit wedelte wie eine Wespe auf Brautschau, und sie stieg ebenfalls aus ihrer Kleidung. Den Slip behielt sie an, aber der BH musste weg, er sollte schließlich wissen, wofür er schuften würde. Ihre Brüste waren rund und schwer mit dunklen Nippeln, und bevor der Riese mit Speicheln anfangen konnte, drückte sie ihm den Staubsauger in die Hand und machte sich selber daran, die Fußleisten abzukleben. Der Riese staunte, aus seiner Höhe konnte sein Blick auf ihrem Busen entlanggleiten wie auf einer Skisprungschanze, aber er hielt sich wacker und beschäftigte sich erst mal mit dem Rohr des Staubsaugers.

Maytes Wohnung war winzig, aber als endlich alle Wände in dem Supermegaweiß gestrichen und mit Schwämmen gelbliche Muster um die Fenster getupft waren, hatten beide genug, und Mayte schwor sich, eher auszuziehen als noch einmal zu renovieren. Sie war mittlerweile eine lebende Aktionskunst, denn ihre Haut war über und über mit Farbe beschmiert, kein Wunder, der Riese hatte beim Streichen ja auch immer auf sie heruntergetropft. Sie ging ins Bad, um sich abzuwaschen, und als sie nackt zurückkam, lag er auf dem plastikbespannten Bett und grinste sie an, der Reißverschluss seines gelben Latexslips war heruntergezippt, und als Mayte genau hinsah, und das tat sie demonstrativ, ihr Gesicht nur wenige Zentimeter von seinem Schoß entfernt, als sei sie extrem kurzsichtig, sah sie seinen schmalen, aufgerichteten, gebräunten Schwanz und nicht ein einziges Härchen, und sie war erleichtert, denn sie mochte zwar übergroße Männer, aber keine übergroßen Schwänze, schließlich wollte sie nur zum Orgasmus und nicht ins Guinness-Buch der Rekorde kommen.

Sie legte sich neben ihn. Das dünne Plastik klebte an ihrer Haut. Der Riese strich ihr über den Igelschnitt, und sie kletterte über ihn und angelte nach einer Flasche, die sie in einem unbeobachteten Moment aus der Küche geholt und unter das Bett gestellt hatte: eine Jumboflasche Olivenöl. «Babyöl riecht zu medizinisch», dozierte sie, «und jetzt hat das Öl eine Weile auf der Fußbodenheizung gestanden und ist so richtig schön warm», und sie goss einen Schwall über den Riesen, der begeistert um Fassung rang. Er schlängelte sich aus seinem Slip und das Öl lief an Maytes Schenkeln und seinem Oberkörper auf das Plastik und sammelte sich in der Matratzenkuhle. Mayte schüttete weiter, sie saß rittlings auf dem Riesen, spürte seinen harten Schwanz an ihren Hinterbacken, lehnte ihren Oberkörper weit zurück und schüttete sich das Öl über die Brüste. Es tropfte von den Nippeln ab und floss zwischen den Brüsten zum Bauch hinunter. Auch sie hatte sich rasiert, und der Riese hob den Kopf an, so weit es seine Bauchmuskeln zuließen, und versuchte, den Moment abzupassen, wenn das Öl von ihrem Bauch langsam auf ihre Muschi fließen würde. Zu gern, das sah man ihm an, hätte er es gleich dort verrieben und seine Finger in dem warmen Ölstrom mitgleiten lassen nach innen, wo es weich und noch heißer war, aber Mayte kniete auf seinen Händen, er konnte sich nicht rühren. Die Flasche war leer. Das Bett schwamm in Öl und Mayte und der Riese aalten sich darin. Björn mit Vinaigrette. Das Öl wärmte sich schnell auf Körpertemperatur an, zog aber nicht so schnell ein wie Babyöl, das wusste Mayte von zahlreichen Experimenten, die sie unter Bertrams und Hunfrieds Augen an sich durchgeführt hatte. Sie rutschte vom Riesen herunter und legte sich kurz neben ihn auf den Rücken, um gleichmäßig zu glitschen. Die Riesenhände wagten die Abfahrt, glitten vom Busen ab, rutschten über den Bauch, schlingerten über die Schenkel und kamen erst zwischen Maytes Beinen zum Stehen, und das auch nur, weil sie sich dort verankerten, tief in ihrer Muschi, die ihm nackt und eingeölt, rundherum und in jedem Fältchen flutschig, viel größer vorkam, als er Muschis in Erinnerung hatte. Lange wurde er aber nicht da geduldet. Mayte kletterte wieder über ihn, diesmal aber so, dass sie mit den Händen an seinen Schienbeinen entlangglitschte und ihm ihren Hintern entgegenstreckte. Die Finger des Riesen bewegten sich ohne Führung, glitten in ihrer Pofalte entlang, trafen sich auf ihrem Kitzler, rutschten tief in ihre Muschi und wieder hinaus, und das Öl zog nicht ein, im Gegenteil, es erschien dem Riesen so, als würde es immer mehr, als würde der Ölfilm um sie beide immer heißer und feuchter und dichter. Mayte drehte sich zu ihm herum, küsste ihn lange und befahl ihm, mit den Händen die Gitterstangen am Kopfende zu umklammern. Sie versuchte, sich mit den Händen in Höhe seiner Achseln festzuhalten, stieß sich ab und rutschte über ihn, ein, zwei Handbreit nur, bis ihre Muschi seinen Schwanz berührte und wieder wegglitt. «Ficken is nich», flüsterte sie ihm ins Ohr, «wegen des Öls, weißte, das perforiert die Kondome», der Riese nickte nur, schloss die Augen und stöhnte, dann ließ er die Gitterstäbe los und umklammerte Maytes schlüpfrige Haut. Das Bett schlingerte, sie drehten sich auf die Seite und sahen sich an. Ihre Gesichter waren rot und verschwitzt, Mayte atmete stoßweise, und der Riese zitterte bis in die Oberarme. Sie rieben sich aneinander, versuchten, noch enger zusammenzukriechen. Maytes Hand rieb seinen Schwanz, und eine Riesenfingerkuppe drehte auf ihrem Kitzler eine Pirouette. Wenn ihre Körper sich im Öl aneinander festsaugten und sich lösten, schmatzte es laut, und Mayte und der Riese kicherten. Er kam zuerst, mit einem lang gezogenen gepressten Schrei, und dann sie kurzatmig und «jajajaja» rufend. Sie lagen da, bis es draußen dunkler und ihnen langsam kalt wurde. Mayte gab ihm ein Badetuch, «duschen hat vor morgen früh gar keinen Zweck», sagte sie, und er schnupperte an seiner Hand und grinste: «Nehm ich dich eben noch mit nach Hause.» Sie küssten sich noch einmal, und er ging. Sie würden sich nicht wieder treffen, ihre Wohnung war strahlend weiß renoviert.

Sie rubbelte sich das Öl ab, so gut es ging, und tappte dann zum Telefon.

«Heute Abend hätte ich mit deinem Anruf aber nicht mehr gerechnet», sagte die Männerstimme.

«Er ist gerade weg.»

«Musste das sein?»

«Hab ich dir die Quote verdorben? Tut mir Leid. Aber den musste ich einfach haben. Guck mal: Schmierseife, das hätte doch sowieso nicht für ’ne Anzeige gereicht. Die zwei Mark fuffzig sollte dir das Glück deiner Nichte doch wert sein.»

«Und was machste jetzt mit deiner Wohnung?»

«Die ist strahlend weiß. Sieht riesig aus!»

ie Gottesanbeterin

________ «bestialisch verstümmelt ... Stücke aus Oberarm und Schenkel fehlen ... Blutbad», Renate schaltete das Radio aus, schnaubte durch die Nase und trat das Gaspedal durch. Halbstündlich kamen die Warnmeldungen im Radio, sie war seit dem frühen Morgen unterwegs und konnte es einfach nicht mehr hören. So eine Nachricht war das nun auch wieder nicht. Sie wollte lieber unterhalten werden, die letzte Nacht war anstrengend gewesen, und jetzt wünschte sie sich Gutelaunemusik und nicht ständig das Gerede über zerstückelte Frauen in Hotels und auf Campingplätzen. Das waren Tage, an denen Renate ihren Job hasste. Normalerweise war sie gerne unterwegs, allein auf der Straße, der schwere Achttonner vibrierend unter dem spitzen Hintern, alle paar Stunden ein Kaffee, ein Schläfchen und abends ein paar dumme Kommentare von den anderen Truckern, wenn sie in ein Handtuch gewickelt durch die einzige Fernfahrerdusche der Raststätte schlappte. Die Jungs machten ihr keine Sorgen, die hatte sie unter Kontrolle. Renate ging auf ihren Duschschlappen wie ein Cowboy, der nicht gemerkt hat, dass er sein Pferd an der Tränke vergessen hat. Ein oder zwei bissige Sprüche über Sackflöhe oder den Zusammenhang von großen Trucks und kleinen Schniepeln, und die Sache war geritzt. Was ihr aber sehr wohl Sorgen machte, waren Radiostationen, die nichts Aufregenderes zu melden hatten als Geschichten von jemandem, der seine Opfer zwischen zwei

Brötchenhälften pappte. Und dann diese üblichen Sprüche über Perverse: Mutterkomplex, impotent (denn keine der Frauen war vergewaltigt worden), ein ehemaliger Chirurg vielleicht oder ein Metzger, mutmaßte ein DJ von einem Provinzsender.

Renate schaltete das Radio trotzdem wieder an, sie hatte es nicht gerne so still. «Das bisher vierte Opfer in zwei Wochen», hörte sie und seufzte, «in einer Reihenhaussiedlung, ein Bezug zu den anderen Opfern konnte nicht hergestellt werden. Der Kopf war fast abgetrennt, ein Unterschenkel abgenagt.» Renate drehte den Sender leiser und murmelte im Bühnenton: «Leute, Leute sperrt eure Töchter ein, hier weht ein kalter Wind mit blut'gen Schauern.» Sie fuhr an einem Schild vorbei, das einen Parkplatz ankündigte, überlegte, ob sie ein Pause machen sollte, beschloss dann aber weiterzufahren. Der Entschluss dauerte nicht lange, ihr Truck schlingerte, der Kollege hinter ihr, von dem sie wusste, dass er abends unter dem Namen «Big Billy Boy» Kontakte zu anderen Truckern mit einer Vorliebe für Latexhöschen und gepiercten Brustwarzen suchte, hupte mehrmals und zeigte ihr einen Vogel. Renate achtete nicht auf ihn. Sie konnte nicht glauben, was sie da hinter dem Parkplatz gesehen hatte.

Sie schaltete den Motor aus und sprang vom Fahrersitz. Gleich hinter der Haltebucht stand ein ganz junges Ding, ein Baby, eine Kaulquappe, kaum siebzehn wahrscheinlich. Sie hatte eine hautenge grüne Jeans und ein ebenso enges glänzendes grünes Oberteil an, schlenkerte mit ihren ungewöhnlich langen Armen und warf die goldbraunen Haare zurück, wenn sich ein Auto näherte. «He, Süße», rief Renate, «hast du mal Radio gehört? Bist du meschugge, jetzt noch zu trampen?» Das Mädchen huschte auf sie zu und strahlte sie an: «Mir passiert nichts, ich stehe unter dem Schutz des Einen!» Und sie hielt Renate ein dickes Buch entgegen. Renate starrte auf das goldene Buch mit dem schwarzen Zeichen auf der Vorderseite. «Wie bist'n du drauf, Herzchen?» «Ich gehöre zu dem Camp, wir sind die heilige Gemeinschaft des einzigen Lichts. Ich war ein paar Tage krank, und jetzt versuche ich, wieder zu meinen Leuten zu kommen.» Renate fiel nichts ein. «Du meinst, ihr betet in Zelten, um Neue anzuwerben?» Das Mädchen nickte so heftig, dass ihr das glänzende Haar ins Gesicht fiel, «wir bringen das Licht des Einen in die Welt. Wir beten für euch alle», sie legte Renate eine Hand auf die Schulter und sah sie durchdringend an, «für dich beten wir auch.» Renate räusperte sich. Die Hand des Mädchens lag noch auf ihrer Schulter, warm und leicht wie eine Feder, und Renate dachte, dass sie sich von dieser Hand schon gerne das Licht zeigen ließe. «Weißte was, Mädchen?», sagte sie, «ich nehm dich mit, und dann hast du dein Camp in ein oder zwei Tagen wieder.» Sie lachte. «Ich fahr nämlich einen verdammt flotten Stiefel.» Das Mädchen lachte auch, und lief zurück zum Parkplatzende, um ihre Sachen zu holen.

Renate saß schon wieder hinter dem Steuer und nahm ihr den schweren Rucksack ab. «Die Harfe behalte ich in der Hand», strahlte das Mädchen sie an und hielt eine kleine Handharfe hoch. «Ich heiße Renate», sagte Renate. «Bess», sagte das Mädchen und schnallte sich an. Renate startete, der Lastwagen begann zu vibrieren und fuhr dann ganz sachte an. «Ganz sachte», dachte Renate, «nicht zu ruckelig, ich will sie ja nicht erschrecken. So einen Käfer muss man behutsam fangen.» «Was treibt ihr denn noch außer beten?», fragte sie. «Ich mache Musik», sagte Bess. «Das Licht, unser einziger Gott, mag es, wenn wir fröhlich sind und ihn mit Liedern anbeten.»

«Bist du also eine Gottesanbeterin?», lachte Renate und stahl sich aus den Augenwinkeln einen Blick auf den schmalen Hals und die feinen Hände des Mädchens. Bess machte es sich im Schneidersitz bequem und schlang die langen Arme hinter ihrem Nacken um die Kopfstütze. «Was sagen sie denn im Radio?», fragte sie.

Renate drehte den Sender wieder lauter. «... wurde ein Polizeipsychologe aus den Staaten eingeschaltet», sagte die Stimme gerade. «Der Gesuchte ist vermutlich weiß, zwischen fünfundzwanzig und fünfunddreißig Jahren alt und hochintelligent, möglicherweise ein Arzt.» «Ein Arzt», schüttelte sich das Mädchen, «von so einem komm ich gerade. Und ich hab immer gedacht, die schlauen Leute sind anders als die, die Verbrecher werden.» Sie kicherte: «Ich hab nicht mal die Schule zu Ende gemacht. Das Licht hat mich vorher gerufen. Und vor dem Einen sind wir sowieso alle gleich.» Sie lächelte Renate an: «Du bist sehr lieb, vielen Dank, dass du mich mitnimmst.» «Keine Ursache, Mädchen», schnaubte Renate und wagte sich mit der Hand vor auf das grüne Knie direkt neben dem Schaltknüppel. Sie tätschelte es. Bess lächelte und begann zu summen, mit den Fingerkuppen strich sie über die kleine Harfe. Eine richtige Melodie war das nicht, eher ein Zirpen. Renate schaltete das Radio ganz aus und sah Bess ab und zu an, um sie zu ermuntern weiterzusummen und um ihren Mund anzustaunen, ihren weichen, prallen Kindermund, der feucht glänzte, wenn sie zurücklächelte. Sie stellte sich vor, wie sie diesen Mund küssen würde, ganz vorsichtig zunächst, wie sie dann hineinbeißen würde, bis es blutete, und wie erregend es sein würde.

«Wie alt bist du denn?», fragte sie die Kleine irgendwann. «Gerade sechzehn.» Ihre Augen waren grün und so groß, fast kam es Renate vor, als sei die glitzernde Iris viel größer als alle anderen Frauenaugen, die sie jemals gesehen hatte. Sie konnte auch keine Pupille erkennen, aber das lag am Licht, denn langsam dämmerte es draußen, und Renate überlegte fieberhaft, was sie mit dem Mädchen anstellen könnte, wenn sie in einer Stunde aufhören musste zu fahren. «Und da lassen dich deine Eltern alleine herumreisen?», fragte sie. Bess schmollte: «Ich hab keine mehr.» «Oh», Renate streichelte ihr über die Wange, «das tut mir Leid.» «Das macht nichts», erklärte Bess und lachte sofort wieder: «Ich habe ja meine Leute. Und das Licht des Einen hat mich auserwählt. Das ist doch ein großes Glück: auserwählt zu sein.» «Ich bin's bestimmt nicht», lachte Renate krächzend und drehte das Radio wieder an. Es war eine Marotte von ihr, auf langen Fahrten beschäftigte sie sich mehr mit dem Radio als mit dem Rückspiegel. Zuerst kam Musik, dann wieder eine Stimme, die nur langsam zu Renate durchdrang: «Wahrscheinlich reist der Gesuchte Richtung Westen. Schlafen Sie nicht im Freien und meiden Sie ungesicherte Apartmentanlagen.» Das war das Stichwort.

«Hör mal, Herzchen, der Irre fährt in unsere Richtung. Wo schläfst du denn heute Nacht?», erkundigte sie sich beiläufig bei dem Mädchen. «Draußen», sagte Bess, «wir Kinder des Lichts reisen immer ohne Geld, das belastet nur, und der Eine schützt uns.» Und dann mit einem treuherzigen Blick: «Du musst dir keine Sorgen machen.» «Mache ich aber», sagte Renate energisch, sah auf die Uhr und beschloss, jetzt alles auf eine Karte zu setzen: «Was hältst du denn davon, wenn du bei mir bleibst? Ich werde mir ein Motelzimmer nehmen, und die sind sowieso immer für zwei. Hm?» Das Mädchen strahlte sie an, bedankte sich überschwänglich, schlang ihre langen Arme um Renates Hals und küsste sie auf die Wange. Renates Hand wagte sich vor auf den grünen Oberschenkel und kratzte mit ihren spitz geschnittenen Fingernägeln über den Stoff. Das Engelchen wehrte sich nicht.

Der Angestellte des Motels sah nicht einmal auf, als Renate ein Zimmer für zwei buchte.

Renate konnte fluchen wie ein Tankwart und spuckte weiter als ein Lama. Über gerissene Keilriemen, defekte Zündkerzen oder geplatzte Reifen lachte sie nur dröhnend. Ob Schweinehälften oder Industrieteile, sie fuhr alles quer über den Kontinent, was gefahren werden musste, und egal, wie groß die Lastwagen auch immer waren, egal, wie lang der Anhänger war oder wie sehr der Aufbau schaukelte, Renate hatte immer alles im Griff. Sie fürchtete sich vor nichts, vor den verqualmten, unrasierten Kollegen nicht, die alle so aussahen, als könnte man jeden beliebigen Serienkillerfilm mit ihnen besetzen, vor Zollkontrollen nicht, obwohl immer wieder Geschichten die Runde machten von Truckern, denen falsche Papiere untergeschoben wurden und die tagelang im Knast irgendeiner Minidiktatur saßen, und auch nicht vor Hirschrudeln, die plötzlich über die Fahrbahn liefen und blutig von ihrer Windschutzscheibe heruntertropften, wenn sie eines erwischt hatte.

Renate war eine Frau, gegen die die Walküren aus der Nibelungensage zimperliche Drogerieverkäuferinnen waren, Mickymäuse. Aber wenn Renate ein so schönes, schmales, liebes Mädchen im Motelzimmer hatte und zusah, wie sie sich aus der grünen Haut pellte und darunter weiße, weiche Haut zum Vorschein kam, dann wusste sie gar nicht mehr, was sie tun sollte, sie fiel völlig aus ihrer alten Haut und ließ mit sich geschehen, was geschehen sollte.

Sie stand einfach nur leicht o-beinig da, in ihren Schlappen, in ein großes, kratziges Handtuch gewickelt, und sah sich satt an den schmalen Waden, den zierlichen Fesseln, die sie lecken würde, sollte sie eine erwischen, den winzigen Füßen, dem flachen Bauch, den sie ihr zerkratzen würde, und alles war so weiß, dass es fast wieder grünlich wirkte, eigentlich gar nicht wie Haut, sondern eher wie eine biegsame, schillernde Hülle.

Das Mädchen schlängelte sich aus dem Oberteil. Ihre kleinen festen Brüste brauchten keine Unterwäsche, und als sie die Hose über den Po streifte, sah Renate schluckend, dass sie auch keinen Slip trug. Sie steckte ihr Handtuch unter der Achsel noch etwas fester und überlegte, ob sie ins Bad zurückgehen und dann lauter wieder ins Zimmer kommen sollte, aber da hatte Bess sie auch schon bemerkt und streckte die Hände nach ihr aus. Sie kniete auf dem breiten, französischen Bett und hielt ihre Arme theatralisch Renate entgegen, als sei sie der Schrein des heiligen Lichts persönlich.

Bess' Kopf war weit zurückgeworfen, und Renate glaubte, unter dem knochigen Kinn ihr Schlucken zu sehen. Sie näherte sich Schritt um Schritt dem Bett, und Bess tastete in der Luft nach ihr, den Kopf immer noch zurückgelegt, ohne sie anzusehen. Ihre Hände streiften Renates Schultern, ihre Brustspitzen, die Linie zwischen Handtuch und Haut, sie tasteten weiter nach dem Knoten unter der Achsel und lösten das Handtuch. Und erst dann sah Bess sie an und lächelte. «Das Licht ist in jedem von uns», flüsterte sie, «man muss es nur wecken. Das Licht von einem Leib dem anderen weiterzugeben ist wie eine Art Gebet. Im Camp machen wir das öfters mit neuen Schwestern und Brüdern, wenn wir ihre Sprache nicht verstehen oder wenn sie schon so bei dem Einen sind, dass Reden zu schwach wäre.»

Renate verlagerte das Gewicht von einem Fuß auf den anderen und stellte sich vor, was abends in den Zelten des Camps abging, wenn die Lokalreporter und die Neugierigen, die Soziologiestudenten und die demonstrierenden Gruppen anderer religiöser Richtungen vom Platz verschwunden waren und nur die Eingeweihten und Frischbekehrten übrig blieben. In Renates Kopf bildeten sich Schlangen von nackten Körpern, ein Geknäuel von Schenkeln und Händen, feucht glitzerndem gekräuseltem Haar und dunklen Schwanzspitzen. Offene Münder, tastende Hände und Finger, die überall eindrangen, wo es ging. Dann kamen die Geräusche dazu: Gestöhn und spitze Schreie, leises Grunzen, Satzfetzen, keuchende, gejammerte Töne, und mittendrin der schlanke, biegsame Körper von Bess, die vornübergebeugt in zwei neuen Schwestern das Licht weckte, während ein junger Mann, der hinter ihr kniete, züngelnd die Erleuchtung zwischen ihren Beinen suchte. Renate stöhnte.

Sie öffnete nicht die Augen. Bess hatte ihre Hand genommen und zu sich herangezogen, Renates Fingerspitzen fühlten den Dunst, bevor sie es wusste, weiches Haar fühlten sie, glitschige Feuchtigkeit. Sie wurde die Bilder in ihrem Kopf nicht los. Bess mit Lederriemen gefesselt auf einem Tisch liegend, ihre Beine, die von zwei grün gewandeten Brüdern auseinander gehalten wurden, jemand, der eine rote, ölige Flüssigkeit aus einem Kelch über sie goss, ein Finger, ein großer, gestreckter Finger, der sich unter monotonem Murmeln erst in ihre Möse und dann in ihren Hintern schob, zwei Münder, einer dunkel geschminkt, einer unter einem Schnurrbart versteckt, die sich über ihre Nippel stülpten und daran saugten. Sie flüsterte Bess' Namen und ließ ihrer ersten Hand die zweite folgen. Bess zog sie auf das Bett und drückte sie auf die Matratze. Renate überließ sich ihr, abwartend und passiv, als sei sie eine junge Tramperin und nicht eine gestandene Frau, die schon mehr als eine Motelbekanntschaft der besonderen Art gemeistert hatte.

Bess kniete neben ihr auf dem Bett und strich über ihren Körper, sie hob mit ihrem Unterarm Renates Knie an, drückte sie nach oben gegen den Bauch und rutschte um sie herum, sodass sie sich gegen Renates Hintern pressen konnte. Mit beiden Händen drückte sie Renates Hüften weiter nach oben und stützte sie mit ihrem Körper ab. Renate gratulierte sich insgeheim dazu, dass sie noch so gelenkig war. Sie lag jetzt fast in einer Rückwärtsrolle, wie beim Yoga, und konnte nur flach atmen. Bess hielt ihre Oberschenkel fest und sah auf sie herunter. Renate stellte sich vor, was sie sah: links und rechts die Unterseiten zweier Oberschenkel und dazwischen rot und glänzend im krausen Haar versteckt ihre Möse und weiter unten das Poloch. «Ich werde das Licht wecken», flüsterte Bess und summte ihre zirpende schnelle Tonfolge. Ein Finger tauchte in Renates Möse, hob sich, tauchte wieder hinab. Ein Daumen rieb über ihren Kitzler. Bess beschäftigte sich nur mit diesen beiden Fingern mit Renate, tauchen und reiben, so lange, bis Renate keuchte und ihr Poloch zuckte. Bess ließ zu, dass sie ihre Beine wieder ausstreckte, und rutschte mit gespreizten Beinen über sie.

Renate hatte sich, als sie eingerollt wie eine Schnecke dagelegen hatte, an den Stangen des Bettendes festgehalten, jetzt rutschte Bess über sie und hielt ihre Hände mit den Knien fest. Sie senkte den Oberkörper herab, und Renate küsste ihre nasse Möse, züngelte hinein, lutschte sie aus. Mit breiter Zunge strich sie über den Kitzler, sie wollte es besonders gut machen, weil sie ihre Hände nicht benutzen konnte, und weil das Mädchen so jung und so schön und so unverhofft in ihrem Bett gelandet war. Sie umkreiste den Kitzler mit der Spitze, tippte ihn an, fickte sie, so tief es ging, mit dem gestreckten Zungenmuskel und saugte an den Schamlippen. Bess summte immer noch, dann begann sie zu singen, abgehackte, schrille Töne, kurz und fiebrig, sie ruckte mit dem Becken über Renates Gesicht und die immer folgende Zunge, und schließlich kam tief aus ihrem Hals ein einzelner singender, hoch und höher werdender Ton, und sie hob das Becken an.

Renate fühlte, wie Bess' Hände nach ihren tasteten, jetzt nahm sie auch den weichen Stoff der Bettwäsche wieder wahr und wartete darauf, dass Bess sich neben ihr ausstrecken würde, damit sie sie streicheln und ihr in die Augen sehen konnte, damit sie sie ein zweites Mal besitzen konnte, und diesmal auf ihre ganz eigene Art.

Bess stieg von ihr herunter und stellte sich neben das Bett. Renate wollte sich ihr entgegenstrecken, aber sie konnte sich nicht bewegen. Ihre Hände waren an den Stangen des Bettendes festgebunden. «Du bist eine Ungläubige», flüsterte Bess, «ich habe kein Licht in dir gesehen, dabei habe ich mir solche Mühe gegeben», und sie schob Renate das dicke Knäuel ihres grünen Oberteils ganz in den Mund.

«Das ist so schade», zirpte Bess, «aber in unserer heiligen Schrift des Lichts steht: ‹Das Böse aber besiegt durch Einverleibung, oder es wird sich euch einverleiben›.» Renate starrte sie an, zerrte an ihren Fesseln, aber es half nichts. Bess ging zu ihrem Rucksack und kramte darin herum. Ihr goldbraunes Haar fiel ihr auf einer Seite in kleinen Löckchen ins Gesicht, die großen Augen waren dunkel und glitzerten, ihre weiße Haut schimmerte, als sei sie mit flüssigem Glas überzogen. Mit wiegenden Hüften trat Bess wieder neben das Bett. Sie summte höher als ihr höchster Harfenton und lächelte Renate mit ihrem weichen, herzförmigen Kindermund an. Sie leckte sich über die prallen Lippen. In ihrer erhobenen Hand blitzte ein aufgeklapptes Skalpell. Es war kalt wie Eis, als Bess es vorsichtig und zärtlich auf Renates Oberschenkel aufsetzte.

Caro und die Wörter, die mit «sau» anfangen

Hast du schon mal versucht, dich in einen Body zu zwängen, der zwei Nummern zu klein ist? Mann, das sieht echt saublöd aus. Im Kaufhaus hatte ich nur einen probiert und den zweiten einfach so von der Stange gegriffen und zur Kasse getragen. Wenn in beiden die gleiche Größe drinsteht, kann man ja wohl davon ausgehen, dass auch tatsächlich beide die gleiche Größe haben, aber denkste. Der zweite war also falsch etikettiert gewesen, aber das merkte ich leider erst, als ich vor meinem großen Spiegelschrank stand und mich hineinpellen wollte. Ich meine, ich bin ja auch selbst schuld, was ziehe ich solche Sachen auch vor einem Spiegel an?

Es gibt Dinge, die sollte man nicht vor einem Spiegel tun, Wasser aus einer Flasche trinken, wenn man gerade aus einem Step-Aerobic-Kurs kommt zum Beispiel, das Gesicht knallrot, die Augäpfel fallen bald raus, die Muskeln zittern so, dass man sich garantiert die Hälfte überschüttet, und dann steht man da, als wollte man sich gerade für den Titel der Miss Parkinson im Altenheim bewerben, ne ehrlich. Und zu kleine Bodys sollte man auch nicht anziehen, wenn man sich dabei beobachten kann.

Da stand ich also x-beinig, schob die Hände durch die Ärmel, ahnte nichts Böses, und spätestens an den Ellenbogen blieb ich stecken, und nichts ging mehr vor noch zurück. Die Arme knickten oben ab wie die Blätter bei einer Zimmerpalme. Ich schnaufte, lief rot an, versuchte den Body weiter nach unten Richtung Kopf zu bekommen, indem ich die Hüften zu allen Seiten schwenkte, den Oberkörper vor- und zurückbog und schließlich anfing, zu hüpfen und zu stampfen, dann hatte ich es geschafft, und der Kopf presste sich geburtstechnisch langsam durch den Halsausschnitt. Aber um den Stoff dann mit einem entschiedenen Nach-unten-Hebeln der Arme über den Busen zu zwingen, reichte es dann doch nicht.

Bei dem ganzen Gehüpfe, das aussah wie eine Mischung aus Veitstanz und indianischer Regenanbetung, fiel mir fast der Busen aus dem BH, denn natürlich hatte ich den alten bequemen angezogen, unter einem Body sieht es ja keiner, dachte ich, also den alten, aus dem ich schon vor Jahren die Stangen herausgefummelt hatte und der aus einer Zeit stammt, in der ich busentechnisch noch mehr pralle Honigmelone war und nicht birnenförmiges Fallobst wie jetzt. Es half nichts: Ich steckte fest. Die Arme immer noch über dem Kopf, die Schulterblätter zusammengepresst, der Busen bis zu den Brustwarzen aus den Körbchen gerollt, ganz prima.

Klar, dass genau in diesem Moment mein Mann nach Hause kam. Sag mir nicht, das ist Zufall. Männer wissen so was. Den ganzen Tag vergrabe ich mich in kunsthistorischen Fachschinken, trinke literweise ungesüßten Tee, aber ich kann wetten, dass er mich genau in dem Moment besuchen kommt, wenn ich gerade mit einer halb leeren Packung Negerküssen vor der Glotze hocke und mir die «Verbotene Liebe» oder «Die Simpsons» reinziehe. Immerhin klopft meiner ja an. Er hat einen Haustürschlüssel, so was gehört sich, finde ich, wenn man schon in getrennten Haushalten glücklich verheiratet ist, aber er klopft immer noch an, bevor er das Schlafzimmer betritt.

Ich stand also wie ein großes X vor dem Spiegel, drehte und wendete mich, versuchte, eine Stellung zu finden, in der ich nicht ganz so idiotisch aussah, aber es half nichts, also versuchte ich, «Moment bitte» zu rufen, aber es kam nur ein dumpfes Grunzen, unterbrochen von einigen Kieksern, wo mir die Stimme vor lauter Verzweiflung und Demütigung umgekippt war. Klar verstand er das da draußen nicht, aber deutlicher ging es nicht, mein Mund war halb von dem Zwickel des Bodys verdeckt, und so weit ich den Kopf auch nach oben streckte, ich bekam ihn nicht frei. Das verstand mein Süßer als Aufforderung hereinzukommen, wieso auch nicht.

Er ist der geborene Ertapper. Er hat mich erwischt, als ich das Bügeleisen absichtlich auf seine Lieblingsjeans stellte, weil ich finde, dass er in dieser Jeans einen riesigen Hintern hat. Er kam früher nach Hause, als ich versuchte, allein mit dem Schrubber in der Hand argentinischen Tango mit einem Videokurs zu lernen, er hat mich masturbierend mit einem seiner Pornobücher (Folge X: Lesbische Lolitas lecken lustig) in der Hand gesehen und kotzend, nachdem er mir erzählt hatte, dass in seinem tollen neuen Saumagenrezept, das ich gerade gespachtelt hatte, Leber drin war. Er kennt mich mit Schlammpackungen im Gesicht und mit ausgekugeltem Hüftgelenk, als ich mit der Nachbarstochter von gegenüber gewettet hatte, ich könnte immer noch meinen linken Fuß hinter den Kopf schieben, wie ich das als Kind oft getan hatte. Dass er nach all diesen Anblicken immer noch mit mir verheiratet ist, ist ein gutes Zeichen für unsere Beziehung, und dass ich nach all diesen peinlichen Situationen immer noch versuche, ihm so einen Anblick zu ersparen, ebenfalls.

Wobei: Ich habe ihn in mindestens genauso vielen prekären Stellungen erlebt, einmal sogar mit einem dicken Holzbleistift von Obi im Hintern und einer fleischfarbenen Strumpfhose von mir über dem Kopf, während im Fernsehen ein Video der Backstreet Boys lief, anschließend hatten wir dann eine lange Beziehungsdiskussion, also ich bin ja wirklich tolerant, und jeden soll anmachen, was ihn eben anmacht, und ich benutze auch nicht schnell Begriffe wie «pervers», aber: die Backstreet Boys? Ehrlich, da habe ich mir wirklich Sorgen gemacht, das nur am Rande.

Jedenfalls stand ich also heulend und schnaufend eingeklemmt in diesem blöden Body vor diesem blöden Spiegel, und mein Süßer zerrte den Stoff so lange nach oben, bis ich dachte, meine Schultergelenke geben nach, und dann war ich endlich frei, hatte eine Frisur, als hätte ich gerade in die Steckdose gefasst, und ein Make-up wie für eine Halloweenparty. Und ich fiel ihm schluchzend um den Hals und stammelte irgendwas von Kaufhaus abbrennen und die Backstreet Boys bei Obi zersägen lassen, und da hielt mir der Süße mit einem Mal den Mund zu und sah mich ganz ernst an und sagte: «Caro: Wenn wir nicht bald Rente für dich beziehen wollen, musst du mal Urlaub machen. Fahr zur Kur.» Deshalb bin ich also hier. Wegen dieses Bodys im Grunde.

Bist du schon mal im Regen durch einen verlassenen Kurort in der Nähe von Hannover gewatet? Echt: das ist toll. Der Himmel hing grau und pappig nur ein paar Meter über meinem Kopf. Es waren kaum Leute im Park, in dem man sich bei Ankunft zum Kurappell melden musste. Verlassene Kurorte und vor allem verrottete Seebäder finde ich klasse, im Nebel verschwinden meine Krähenfüße um die Augen und meine Cellulitis strafft sich wie von selbst. Da werde ich um Jahre jünger.

Also, wenn ich mal ganz ehrlich bin, dann war das ja auch irgendwie der Grund, wieso ich mir ausgerechnet so einen uncoolen Kurzurlaub ausgesucht hatte. Klar, war ich erschöpft, wenn ich irgendwo unterschrieben habe, musste ich mich schon konzentrieren, damit ich keinen Fehler machte, und welcher Wochentag gerade war, wusste ich auch nur noch, weil ich ständig einen Kalender bei mir hatte. Ich fing sogar an, «Forsthaus Falkenau» im Zweiten zu sehen, und träumte nachts von dem Förster mit dem ewig gleichen milde grinsenden Gesichtsausdruck. Mann, dieser Schauspieler hat einen Charme wie Schuppenflechte, und trotzdem konnte ich nicht abschalten. War also klar, dass ich mal rausmusste, aber ich hätte ja auch irgendwo in die Sonne fliegen können. Aber es musste Bad Oeynhausen sein. Erstens arbeitet meine Freundin Sandra gerade an ihrer Abschlussarbeit in Germanistik über Krankheiten und Psychosen bei Thomas Mann, und in den Buddenbrooks fährt auch jemand nach Oeynhausen (dem nutzt das allerdings nix), und dann wollte ich auch wirklich meine Ruhe haben. Außerdem dachte ich mir, in so einem Heilbad siehst du jede Menge Herzpatienten und wirklich kranke Menschen, da fühlst du dich gleich besser.

Ich meine, gib's doch zu, wenn du so richtig scheiße drauf bist, weil zum Beispiel der Rock von deinem Lieblingskostüm nicht mehr ganz zugeht und du ihn hinten mit einer Sicherheitsnadel feststecken musst, die dir dann im unpassendsten Moment in den Hüftspeck pikst, sodass du quiekst wie ein Ferkel und du das Meeting unterbrichst und o-beinig zum Waschraum eierst, als bekämst du ständig Stromstöße von deinen batteriebetriebenen Liebeskugeln, wenn du also richtig Grund hast, grottenverzweifelt zu sein, und du dann jemand siehst, die Schnepfe aus dem Büro gegenüber zum Beispiel, wie sie sich bückt und mit einem lauten Ratsch zerreißt's ihr die Hose, oder sie tritt auf den Saum ihrer ach so schicken Designerhose und fällt genau in die Arme des völlig humorlosen Juniorchefs, dann geht es dir doch gleich besser, oder?

Aber schon als ich aus dem Kurpark kam und eine erste Runde durch den Ort drehen wollte, wurde klar, dass ich mich da verrechnet hatte. Bist du schon mal als relativ junge, relativ vital aussehende Frau durch einen Kurort gelatscht? Ich sag's dir: keine bewundernden Blicke, kein neidisches Seufzen. Stattdessen misstrauisches Geäuge, und manchmal wechselt einer die Straßenseite. Wieso? Ist doch klar. Bei den Leuten mit Krücken oder Gehhilfen sieht man ja gleich, wieso sie hier sind, bei den Alten ist das auch klar, ein bisschen Spaß in der Totenstille Oeynhausens vor der großen Ruhe unter den Radieschen. Aber eine gesunde, junge Frau? Da denkt jeder, Mann, die muss ja echt was haben, und weil man nichts sieht und es im Ort auch Psychokliniken gibt, glaubt jeder, man sei gerade aus der Klapse entlaufen und hat vielleicht im nächsten Moment Schaum vorm Mund, ruft Wotan an oder sammelt Unterschriften für die Heiligsprechung von Dieter Thomas Heck. Ich kann das verstehen, da würde ich auch einen Bogen drum machen.

Und in den Geschäften, ich fass es nicht. Zuerst dachte ich, es ist vielleicht Zufall, aber dann habe ich es gezielt getestet, und es ist kein Zufall. Du kommst also in einen Laden, Biomüslimampf oder Boutique Marke Grandma's Collection, egal, und als Erstes lobt die Verkäuferin deine Handtasche. Ich hab nun echt keine Luxusbeutel, sondern ganz völlig banale Taschen aus Uraltleder oder Plastik, wirklich nichts zum Komplimentemachen. Aber die machen das da. Guten Tag, blabla, was für eine schöne Handtasche. In fast jedem Geschäft, ich hab's im Feldversuch belegt. Irgendwann ist mir dann aufgegangen, wie clever das im Grunde ist. Kundinnen wollen gelobt werden, drum geht man ja shoppen, damit dir jemand sagt, wie toll du bist, und dir dann Sachen verkauft, die dich noch viel toller machen werden. Und in so einem Ort mit der Hauptklientel Wracks gibt es eben irre viel Fettnäpfchen, in die man so als Verkäuferin latschen kann:

«Was für eine elegante Frisur.» – «Danke, das ist eine Perücke.»

«Schöne Schuhe, solche suche ich selbst schon lange.» – «Das sind orthopädische.»

«Sie bei Ihrer Figur können das tragen.» – «Ich bin magersüchtig.»

Nicht ganz einfach. Also loben sie die Handtaschen. Spaßeshalber hätte ich darauf mal sagen sollen: «Danke, da passen auch meine Herzmedikamente rein.» Ist mir aber leider erst später eingefallen.

Vom Angebot her werde ich übrigens demnächst öfter in Rentnerhochburgen fahren statt Dönerbuden, die ich eh nicht abkann, ein Pralinengeschäft nach dem nächsten. Da hätte es die kosmetischen Anwendungen und Bäder gar nicht mehr gebraucht. Gib mir eine Borkenschokoladentrüffel-Therapie und ich erhole mich ganz von alleine.

Aber apropos Kosmetik. Wenigstens die Douglasdamen wären von mir begeistert, dachte ich, keine Pickel, kaum Falten, gut in Schuss, die müssten doch dankbar sein, mich kosmetisieren zu dürfen. Denkste. Bei diesen lebenden Badeperlen habe ich ja immer das Gefühl, die bestehen nur aus Wimpern mit Lidstrich und riesigen, dunkelroten Mündern. Und wehe dir, du hast nicht genau die Trendfarbe des Monats auf den Lippen, dann kriechst du am besten auf allen vieren in den Laden und verhüllst dein Gesicht so lang, bis du wenigstens einen Hunni in der Kasse gelassen hast.

Da liege ich also gleich am ersten Tag auf so einem weißen

frotteebezogenen Zahnarztstuhl und wollte mich eigentlich nur bewundern lassen. Ich sehe gut aus, ich weiß das. Meine Haut ist viel jünger als ich, und meine Wimpern sehen auch ungetuscht geschminkt aus, aber die Dame war nicht zum Schmeicheln gekommen, das machte sie gleich deutlich. Sie erklärte mir also, ich neige auf den Schultern zur Äderchenbildung und solle mein Gesicht niemals, niemals in die Sonne halten, damit das da nicht auch irgendwann «so aussehe». Dabei sah sie selbst aus wie ein Mann, dem jemand ein weibliches Gesicht aufgepinselt hat, nachtätowierte Augenbrauen, die mich an Waigel erinnerten, wenn er als Domina arbeiten würde, und Poren so groß wie Tümpel, dabei einen Charme wie ein Tyrannosaurus. Aber nicht sie und ihr Sauriergesicht waren das Gesprächsthema, sondern ich. Also unterbreitete sie mir noch, ich hätte da einen beunruhigenden Leberfleck neben dem Mund (ja, den hab ich, aber der ist nicht beunruhigend, sondern sexy, Cindy Crawford wäre ohne ihren niemals ein Topmodel geworden), sie wolle mir nicht Angst machen, aber ich sollte damit unbedingt mal zu einer Klinik gehen. Im Klartext also, ich habe Hautkrebs, und diese Puderdealerin hat das innerhalb von Sekunden diagnostiziert. Dabei weiß ich genau, dass der Fleck völlig unbedenklich ist, ich war nämlich mal mit einem Hautarzt liiert, und als ich nach der ersten Nacht in einem verkommenen Bahnhofshotel mit Dusche mitten im Zimmer (der Hautarzt hielt das für verwegen und stimmungsvoll) in die Laken gebreitet dalag, sah er mich an und sagte: «Du hast da einen Fleck auf dem Oberarm, der muss weg, warte, bis ich meine Approbation habe, dann schneide ich dir den raus.» Danke fürs Gespräch. Kurze Zeit später habe ich ihn geschnitten, und zwar aus meinem Leben, das aber nur am Rande. Dann drückte mir die Herrin der Cremetiegel 74 Pickel aus, ich hab mitgezählt, weiß der Geier, wo sie die gefunden hat, vorher waren sie jedenfalls nicht in meinem Gesicht. Und dann war ich entlassen. Spätestens jetzt brauchte ich wirklich Erholung.

Kennst du das? Ein Gefühl von totaler Erschöpfung, das einen völlig aushöhlt, sodass man sich kaum mehr zu irgendetwas aufraffen kann? Die Douglasschnepfe hatte mich echt geschafft. Ich habe eine Freundin, Isolde, die sieht besser aus als ich und hat viel mehr Geld, ist aber trotzdem eine ganz Nette. Vor einiger Zeit hat sie mal einen Beautyurlaub in so einem Esoterik-Spaßbad in Österreich gewonnen. Ich weiß zwar nicht genau, was da abgegangen ist, weil Isolde immer sehr diskret ist, aber es hat ihr offenbar so gut gefallen, dass sie seitdem systematisch Thermen und Beautyzentren durchurlaubt. Und bei einem ihrer Berichte hatte sie mir von Shiatsu-Massagen erzählt, dem «Schönsten, das man außer Sex mit zwei Körpern machen kann», und ich beschloss, dass das genau das war, was ich brauchte, ein paar Streicheleinheiten für die verspannten Muskeln, ein bisschen Aufmerksamkeit, jemand, der sich um mich kümmert, ohne an mir herumzumeckern.

Gleich am nächsten Morgen durchforstete ich die Werbetafeln und Anzeigenblätter des Ortes und entdeckte in einem Ökocafé auch prompt eine Shiatsu-Masseurin, die glücklicherweise auch noch einen Termin frei hatte. Also setzte ich mich nach dem Mittagessen ins Auto und fuhr erst einmal eine halbe Stunde durch Felder und Äcker. Irgendwann fand ich dann einen verfallenen Bauernhof und schlich aufs Grundstück.

Eine junge Frau kam mir entgegen. Sie trug fast nichts außer einem knappen T-Shirt und einer dieser ganz kurzen Turnhosen, wie sie in den Siebzigern mal für männlich gehalten wurden, bis sie dann die Schwulenszene für sich entdeckte. Sie stellte sich mit «Fee» vor, nickte dabei sehr langsam und sehr lächelnd und hielt meine Hand viel länger fest als nötig. Dann führte sie mich in eine kleine Scheune, auf der ein Futon auf dem Boden lag. Isolde hatte mir erklärt, wie eine Shiatsu-Sitzung abläuft, lockere Kleidung, dicke Socken, auf dem Boden liegen, durchgeknetet werden, bis zum Koma entspannen, zahlen und gehen. Hier war das anders. Gerade als ich meine Gymnastiksachen anziehen wollte, hauchte die Fee: «Mir ist das lieber, wenn du kein Oberteil anhast, dann spüre ich die Meridianpunkte besser.» «Also gut», dachte ich, «Meridiane sind ein Argument. (Was zum Henker sind Meridiane? Davon hatte Isolde nichts erzählt.)», und legte mich barbusig unter ein dünnes Laken.

Die Fee kniete sich neben mich und holte ein Klemmbrett hervor. Dann examinierte sie mich über eine Viertelstunde lang, fragte nach Lieblingsfarbe und Lieblingsgeschmack, nach dem Gefühl, das ich am besten und am wenigsten gut ausdrücken könne, und ob ich schon einmal an Selbsterfahrungsseminaren teilgenommen hätte. Danach kündigte sie an, sie werde jetzt ein Pulsdiagnose ausführen, legte ihre Finger um mein Handgelenk und wartete mit geschlossenen Augen. Vorwurfsvoll sah die Fee mich an. «Komisch», sagte sie, «ich fühle bei dir gar nichts.» «Aber ich habe einen Puls, ich weiß das», versuchte ich mich zu rechtfertigen, aber sie schüttelte nur den Kopf, als hätte mein Handgelenk sie verärgert, und trug das auf ihrem Formular ein. Dann sammelte sie sich, lächelte wieder und hauchte, ich möge mich jetzt auf den Bauch drehen und die Augen schließen. Das tat ich.

Mein Gesicht lag abgewandt von ihr, deshalb konnte ich nicht unauffällig linsen, als ich hörte, wie sie ihre Kleidung auszog. Davon hatte Isolde auch nichts erzählt. Die Handballen der Fee pressten sich auf meinen Rücken, und ich versuchte, mich komatös zu entspannen, aber es ging einfach nicht. War sie nun nackt oder nicht? Und wenn, wieso? Also, ich hab nichts gegen Frauen, auf der Uni habe ich mehr Puschel im Bett gehabt als Schniepel, und wäre mein Süßer nicht so überaus süß, wäre ich auch heute noch nicht abgeneigt. Aber das hier war etwas anderes. Ich würde dafür bezahlen. Ich erwartete etwas Medizinisches, etwas gegen meine Verspannungen, eine Dienstleistung, ganz sicher keinen Sex. Hätte ich mir die Situation im Hotelzimmer ausgemalt, wäre ich bestimmt hundsrattig geworden, aber so war ich eher sauertöpfisch, weil ich unter anderen Voraussetzungen gekommen war, und mir die Situation peinlich wurde. Ich versuchte, wenn mich ihr Körper streifte, herauszufinden, ob sie noch etwas anhatte oder nicht, aber alles, was ich fühlte, war eindeutig nackt. Und gucken konnte ich nicht, sie hätte sofort gewusst, wieso ich nachsah, und ich wollte mir keine Blöße geben. Schultern, Hüfte, linker Arm, Hand, Bein, rechtes Bein, Arm, Hand. Umdrehen.

Jetzt konnte ich endlich unauffällig die Augen öffnen und sah, dass sie unter ihrem T-Shirt noch einen Body trug, also keine Anstalten machen würde, über mich herzufallen. Ich schimpfte mich verklemmt und hysterisch und hoffte, die Sitzung würde bald vorbei sein. Möglich, dass sich Isolde dabei entspannen konnte, ich jedenfalls nicht.

Als die Fee Gesicht und Schädel massiert hatte, rief sie plötzlich so donnernd, dass ich mich eiskalt erschreckte: «Energien des Wassers und der Luft, Kräfte der Erde und des Feuers, strömt herbei und heilt die Psyche von Caro!» Wieso meine Psyche? Da hatte mich die Fee eine Viertelstunde lang nach Lieblingsgeschmack und Ähnlichem gefragt und prompt diagnostiziert, ich hätte einen Dachschaden? Na prima. Ich kochte, blieb aber mit geschlossenen Augen liegen, das hatte mir Isolde so erklärt, und wartete darauf, mich wieder anziehen und zurück in die Zivilisation zu können.

Isoldes Shiatsu-Masseurin zu Hause kannte ich sogar, das war eine ganz bodenständige Frau mit real existierendem Physiotherapeutinnen-Praxisbetrieb und Familie, die hatte keine Zeit, morgens indisch singend das Karma ums Haus zu tragen oder dem Gemüse im Bioladen über den Strunk zu streicheln und nach den pädagogischen Qualitäten seines Erntehelfers zu fragen. Die stellte ihre Schränke dahin, wo sie hinpassten, und nicht mitten in den Raum, weil das Feng shui es so will.

Ich öffnete die Augen, streckte mich demonstrativ und wollte schon aufstehen. Dass das nicht so einfach gehen würde, hatte ich mir ja fast gedacht, erst musste ich mir noch anhören, wie es mir ging. «Du bist jetzt sehr entspannt», säuselte die Fee, «aber du musst dich mehr öffnen, du bist eine Person mit wenig Eigeninitiative und hast auch einige sexuelle Störungen.»

Na vielen Dank, jetzt bin ich gleich reif für die nächste Entspannung, und zwar an einem Ort, von dem ich im Vorhinein weiß, dass da alle nackt sind. Stress hatte ich erst mal genug.

Warst du schon mal ohne Brille in der Sauna? Also, ich bin ja echt blind, Maulwurf des Jahres. Und dann ist es da auch immer so schummrig, da sehe ich dann erst recht nichts. Ins Dampfbad gehe ich schon gar nicht mehr, nachdem ich einmal über eine Stufe gestolpert und auf einen dicken Saudi-Araber gefallen bin, der das für eine europäische Variante der Kontaktaufnahme hielt und gleich zur massiven Balzphase überging. Und in diesen Blockhütten habe ich schon zigmal einen leeren Raum gegrüßt, wenn ich reinkomme, weil ich nicht sehen kann, ob da jemand in den Ecken sitzt.

Aber immer noch besser als mein allererster Auftritt in einer Sauna, wo ich reinkam und vor mich hinmurmelte, was manche Männer doch für komische Schniepelformen haben, und ich erst bemerkte, dass ich nicht alleine war, als einige Männer peinlich berührt ihr Handtuch über ihr Gemächt drapierten. Aber ehrlich: Manche Männer *haben* komische Schniepelformen. Wie Tannenzapfen, in der Mitte dick und gestaucht und an den Enden dünn wie ein kalorienreduziertes Putenwürstchen. Auch die Farbe stimmt. Oder die, die aussehen wie ein entzündeter Tintenfischarm, lang und schlenkerig und dabei so rot wie Korallen. Und dann diese Schamhaarfrisuren, borstige holzwolleähnliche Wuschel, kleine Pudellöckchen bis zum Bauchnabel, blonde Flusen, die wie die Frisur von Barney Geröllheimer über dem Dödel zotteln und auf den Oberschenkeln weiterwachsen, drei Handbreit Steinzeit, die sich da um das Gemächt herum bewahrt und sich bisher jeder Art von Evolution erfolgreich widersetzt haben. Und weil Männer so etwas nicht gerne hören, grüße ich also immer freundlich, wenn ich mich in so eine Blockhütte hineintaste. Blöderweise sagt nicht immer jeder etwas.

Diesmal dachte ich wieder, ich wäre alleine, bis ich dann aus der gegenüberliegenden Ecke ein heiseres Geröchel hörte. Ich kann beim besten Willen nicht drei Meter weit im Halbdunkel gucken, also verhielt ich mich ruhig und saß aufrecht. Dann kam es wieder. Ein heiseres Ächzen, eine Mischung aus Kreislaufkollaps und sexueller Belästigung. Ich wusste nicht, was ich davon halten sollte, und stöhnte irgendwann einfach zurück. Ein ersticktes errrggh aus seiner Ecke, ein hhhpffff aus meiner. Das ging so eine ganze Weile. Auch eine Art von Kommunikation, aber doch etwas langweilig auf die Dauer, und ich wickelte mein Handtuch um mich und ging nach draußen, wo es ein großes Schwimmbecken mit kaltem Wasser und jede Menge Sauerstoff gab. Mittlerweile hatte der Regen der ersten beiden Tage aufgehört, und es war richtig heiß geworden.

Das Tolle an Saunabereichen, wenn man sie vormittags besucht, ist: keine Kinder. Nicht, dass ich etwas gegen Kinder habe; solange sie den Mund halten und eine Plexiglasscheibe oder ein Zaun zwischen ihnen und mir ist, finde ich sie ganz prima. Ich leihe mir manchmal sogar das Kind meiner Schwester aus, um mir die neuen Disneyweihnachtsfilme ansehen zu können, ohne einen völlig infantilen Eindruck zu machen, aber in der Sauna habe ich gerne meine Ruhe. Da möchte ich wogendes, leise seufzendes Fleisch um mich haben und fremde Problemzonen beobachten. Ich war immer schon eine Spannerin, ich schaffe es einfach nicht, diskret wegzusehen, wenn jemand an mir vorbeigeht oder sich auf der Liege neben mir räkelt. Immer muss ich starren, bewundern, vergleichen.

Mein Süßer hat mal bemerkt, ich sei die einzige Frau in seinem Leben (und er hatte viele, wenn man ihm glaubt, allerdings alle aus Pinneberg und Waltrop, und ob das zählt, weiß ich nicht), die sich durch das Kaltschwimmbecken in der Sauna erregt fühle. Und es stimmt. Ich komme überhitzt aus so einem heiser stöhnenden Blockhaus, fest in mein Handtuch gewickelt, denn wenn ich auch gerne gucke, exhibitionistisch bin ich eher weniger. Es sei denn, ich erwische unseren siebzigjährigen Hausmeister dabei, wie er mir mit dem Fernrohr im Badezimmer zusieht, da macht es mir nichts, dabei fühle ich mich sogar gut, weil ich mal irgendwo gelesen habe, dass jeder Orgasmus das Leben verlängert, also vollbringe ich sogar einen karitativen Dienst der Nächstenliebe, wenn ich mir vor seinen greisigen Augen den Puschel rasiere. Aber in öffentlichen Saunen bin ich diskreter.

Ich wickelte mich also erst aus dem Handtuch, als ich schon mit den Füßen im Wasser stand, und ging dann nackt zügig ins kalte Wasser. Nackt schwimmen ist herrlich. Nackt in kaltem Wasser schwimmen, wenn man aus der Sauna kommt, ist orgiastisch. Ich stehe bis zum Schamhaar im Wasser und sehe an mir herunter und stelle die Füße einen Schritt weiter auseinander, jeden weiteren Schritt ins Wasser trete ich breiter, sodass das Wasser durch meine Spalte strömt und ich mir vorstelle, wie es zischt, wenn es mich innen abkühlt. Ich warte immer einen kurzen Moment, wenn das Wasser meine Brüste berührt, denn da ist der Schock am härtesten. Kaum, dass das Wasser an die Nippel kommt, ziehen sie sich hart zusammen, und dann gehe ich noch einen Schritt tiefer, sodass die Brüste wie zwei geflutete runde, weiße Inseln auf dem Wasser schwimmen, meistens muss ich dann an das Lied mit der Insel und den zwei Bergen denken, und ich summe es rhythmisch vor mich hin und habe augenblicklich gute Laune. Ich schwamm einige Runden, dann suchte ich mir eine Liege und faulbärte ein Weilchen.

Hast du schon mal genau in eine Frau hineingesehen? Ich habe ja nicht oft die Gelegenheit, unbemerkt zu spannen, aber in Oeynhausen entdeckte ich eine Methode, die ziemlich ungefährlich ist: Lesen. Ich hatte mir einen Kulinarienknigge gekauft, der mich belehrte, wie man Artischocken in Dips dippt, Servietten faltet oder Geschäftsfreunde vorstellt. Gutes Benehmen schadet nie. Vor allem aber war das Buch absolut saunageeignet: leicht zu halten und groß, sodass es, wenn ich es vor mich hielt, mein ganzes Gesicht verdeckte.

Ich kippte meine Rückenlehne nach hinten und schirmte mit dem Buch die Sonne ab, was den netten Nebeneffekt hatte, dass ich unter dem Buch hinweglinsen konnte, auf all die

Schenkel, Bauchnabel und Schniepel, die da an mir vorbeischwankten. Genau gegenüber von mir ließen sich eine dicke Frau und ihre knochige Freundin auf den Liegen nieder, und weil sie ununterbrochen über ihre Lieblingskneipen im Sauerland, wo sie herkamen, schwatzten, bemerkten sie mich gar nicht. Wenn die dicke Sauerländerin lachte, und das tat sie oft, bebte das Fleisch, das Lachen ging ganz durch sie hindurch, ihr Mund lachte und unten bebten die Waden. Ich war fasziniert. Sie legte sich zurück und stellte die Füße breitbeinig auf, und ich sah direkt auf ihren Puschel und das glitzernde Rötliche darunter. Ich begann mich zu testen.

Wenn ich das Buch weglegte und sie wie zufällig während eines Schwenkblickes ansah, erregte sie mich überhaupt nicht. Aber wenn ich unter dem Kulinarienknigge (Kapitel: Fingerfood) hinwegspannte, sodass ich nur ihre Möse sah, eingerahmt von dem bebenden Weiß ihrer Oberschenkel, dann wurde ich rattig. Ich sah sie minutenlang an und wünschte mir dabei, unter der letzten Zeile meines Fingerfoodkapitels würde sich eine Hand über den Oberschenkel tasten und am Puschel herumfingern, aber das passierte natürlich nicht. Allerdings passierte mit mir etwas. Mein Süßer nennt das meinen Saublick. Damit meint er eine Art von selektiver Wahrnehmung, die ganz plötzlich über mich hereinbricht. Ich sehe dann überall Schweinigeleien, ich kann da gar nichts gegen machen.

Kaum hatte ich also zwischen die Schenkel der dicken Sauerländerin gestarrt, fielen mir auch andere Dinge in meiner Umgebung auf, die nicht gerade medizinisch oder gesundheitsapostelig waren, wie in einer Sauna angeblich alle Nacktheit sein soll.

Ein Pärchen lag auf zwei Liegen nur wenige Meter von mir

entfernt. Hier half mir der Knigge nicht, ich wollte sie ganz sehen, also musste ich am Buchrand vorbeispannen und aufpassen, dass sie mich nicht erwischten. Der Mann hatte seine Hand auf dem Bauch der Frau abgelegt, ganz lässig wie zufällig. Von Zeit zu Zeit verscheuchte er ein Insekt oder wischte sich über die Stirn und dabei streifte er immer rein zufällig die Brustspitzen seiner Freundin, die dann grinste. Irgendwann ließ er seine Hand ganz auf ihrer Brust liegen, und während er in einem Taschenbuch mit dem viel sagenden Titel «Das Lächeln der Pauline» las, begann er, den Nippel zu zutzeln und zu zwirbeln, die Freundin quiekte manchmal ganz leise, nicht abwehrend, eher wie ein Kichern. Und als er aufstand und sie sich herumdrehte, um von ihm eingecremt zu werden, konnte ich genau sehen, dass er vor allem die Pospalte seiner Freundin sehr sorgfältig eincremte. Die beiden gefielen mir wirklich sehr gut, und ich fand es erstaunlich, dass er sich so beherrschen konnte und ohne die geringste Andeutung eines Ständers neben ihr lag. Und ich hatte sie auch richtig eingeschätzt, denn etwa eine Stunde später verschwand erst sie Richtung Kiosk und dann auch er. Ich beschloss, ihnen zu folgen.

Hast du jemals nackt auf einer Klobrille gestanden mit einem Fuß auf der Seifenablage des Waschbeckens? Mann, das ist echt unbequem. Den beiden einfach hinterherzulaufen wäre zu auffällig gewesen, ich sah aber, dass sie zwischen einigen Bäumen verschwanden, die neben dem Hauptgebäude standen, und ich wusste, dass das Fenster der Damentoilette zu dieser Seite lag. Mein Handtuch hängte ich an die Türklinke, dann stieg ich vorsichtig auf die Klobrille und stützte mich mit dem anderen Fuß auf dem Waschbecken ab. Ich hatte Glück, dass nichts glitschig war, sonst hätte ich mir dabei wahrscheinlich den Hals gebrochen. Das Fenster war von innen mit einer milchigen Folie abgeklebt, aber sie hatte unten rechts einen Riss und als ich vorsichtig daran knibbelte, ließ sich ein Stück abziehen, gerade genug, um durchsehen zu können.

Da standen sie und küssten sich. Sie hob ein Bein an, und weil sie sehr groß war, konnte sie es ihm fast um die Hüfte legen. Nach einer Weile, in der sie sich geküsst und gegenseitig die Pobacken befingert hatten, hockte er sich vor sie und sie stellte sich breitbeinig über ihn. Sein Gesicht verschwand fast völlig zwischen ihren Beinen. Er leckte sie nicht, er lutschte, und er tat das offenbar mit einem weit geöffneten Mund. Sie lächelte und strich sich manchmal mit der Zunge über die Lippen. Er saugte sich ganz an ihrer Möse fest, krallte seine Hände in ihre Hüften und nuckelte.

Dann schlüpfte er unter ihr hinweg, sie kannte das offenbar, denn sie beugte sich gleich ein bisschen vor und zog ihre Pobacken auseinander, damit er auch ihr hinteres Loch lecken konnte. Währenddessen langte er zwischen ihren Beinen hindurch und krabbelte ihre Möse, Mann, seine Finger müssen völlig nass gewesen sein. Hätte er sie jedenfalls in meiner Muschi gehabt, hätten sie getropft, ich sag's dir.

Der Mann legte sich auf den Rücken und jetzt sah ich es wieder: Er hatte keine Erektion. Das erstaunte mich, aber die Freundin wunderte es offensichtlich überhaupt nicht. Sie kniete sich über ihn und beugte sich herab, um ihm die Brustwarzen zu küssen, und genau als ihr Hintern in die Höhe ging wie bei einer tauchenden Ente, bemerkte ich den zweiten Mann. Ich hatte ihn in der Sauna noch nicht gesehen, aber wie gesagt: Das heißt bei mir ja nicht viel, blind wie ich bin. Göttin sei Dank hatte ich jetzt meine Brille an und konnte genau beobachten, was passierte.

Der zweite Mann wichste hektisch und näherte sich schrittweise dem Pärchen. Ich dachte schon, jetzt gibt's hier gleich ein privates Armageddon, aber nix da. Der erste winkte ihm zu und legte sich dann zurück. Seine Freundin küsste ihn mit voller Hingabe, die zwei trennten sich gar nicht mehr voneinander. Der zweite Mann pulte umständlich ein Kondom aus seinem Handtuch, das er eingerollt unter dem Arm mit sich herumtrug, und zog es sich über. Er kniete sich hinter die Frau und steckte ihr seinen Schwanz hinein. Das Pärchen küsste sich weiter, kaum ein Ruck ging durch die Frau. Einmal legte der zweite Mann seine Hände auf ihre Hüften, aber ihr Freund schob sie sofort weg.

Er kniete also hinter der Frau und fickte sie wie eine Maschine, ohne sie weiter anzufassen. Das Pärchen beachtete ihn praktisch nicht, sondern küsste sich weiter. Die drei bumsten so, dass ich sie von der Seite anspannen konnte, und so sah ich auch, dass ihr Freund immer noch keine Erektion hatte, und ich vermutete, dass sie es öfter so trieben, damit sie auf ihre Kosten kam. Er schob eine Hand zwischen ihre Beine und wichste sie an, während der andere Mann es ihr von hinten besorgte. Und irgendwann hob sie den Kopf, und der hinter ihr verzerrte das Gesicht. Er zog seinen Schwanz aus ihr, stand auf, pellte das Kondom ab und warf es ins Gebüsch. Das Pärchen knutschte weiter und ließ sich nicht stören.

Schließlich standen sie auf, lachten sich an und hielten sich an den Händen, als sie zu den Sonnenliegen zurückgingen. Ich stand erschöpft, feucht wie abgeduscht und rattig ohne Ende halb auf dem Waschbecken, halb auf dem Klo, turnte mit letzter Kraft herunter und fragte mich, ob der Saunahengst, der offensichtlich gerne fremde Frauen fickte, wohl auch noch Kraft für mich hatte. Aber dann dachte ich an meinen Süßen und suchte gar nicht erst nach ihm.

Hast du jemals versucht, einem Hotelrezeptionisten zu erklären, wieso du die letzte Nacht deines Pauschalangebotes verfallen lässt und gleich nach Hause fährst? Mann, das ist echt schwierig. Ob etwas nicht in Ordnung gewesen wäre? Doch, war es, ich hatte in Saus und Braus gelebt und versicherte es ihm mehrfach. Ob das Zimmer nicht sauber gewesen sei? War es. Drei Saubermänner, die aussahen wie Wärter des Hochsicherheitstraktes in einer Psychoklinik, kamen morgens herein und wischten über alles, was herumstand, ich hatte die Sagrotansuite mit dem Meister-Propper-Stern, eins a, wirklich. Ob ich mich denn wenigstens gut erholt hätte. Jaja, ganz wunderbar, aber jetzt müsse ich wirklich los. Der Rezeptionist war untröstlich. Aber ich konnte ihm nicht helfen, ich musste nach Hause. Zu meinem Süßen. Ihm beim Kofferpacken helfen, denn alleine packt er nur seinen unnachahmlichen Safari-Ranch-Look ein und nicht das schicke Designerzeugs, das ich so gerne an ihm sehe. Meinen Koffer muss ich auch noch packen mit mindestens drei wirklich tief ausgeschnittenen schwarzen Bodys – in der richtigen Größe. Und dann fahren wir beide zusammen weg. Ehrlich du, nach dieser Kur habe ich mir einen heißen, entspannenden Urlaub sauer verdient.

riefgeheimnis

Der Brief ist blau. Ein blauer Brief. Es steht keine Adresse darauf, nur ihr Vorname: Kirsten. Mit Tinte. Auch die blau. Sie lächelt, das ist typisch, dass er ihr vorher noch einen Brief schreibt, obwohl sie sich doch gestern noch gesehen haben. Und bis zum Abendessen ist es auch nicht mehr lang. Aber er setzt sich hin und schreibt ihr einen Brief. Das ist toll. Er ist ein Glücksgriff. Allein dieser Umschlag sagt so viel über ihn aus: Er hat Niveau, Bildung, er ist phantasievoll und einfühlsam, er ist es. Er.

Kirsten nimmt den Umschlag aus dem Briefkasten und riecht daran. Nicht parfümiert. Natürlich nicht, er weiß ja, wo Romantik aufhört und Kitsch anfängt. Sie dreht ihn um. Kein Mario auf der Rückseite. Wozu auch, sie weiß ja doch, dass er von ihm ist. Und er weiß, dass sie das weiß. Sie wissen so viel voneinander, oft denkt sie, er weiß genau, was sie denkt, und das Tolle ist: Meistens stimmt es dann tatsächlich. Sie gönnt sich einen Moment gezielte Pathetik, legt den Kopf leicht in den Nacken und denkt Silbe für Silbe See-len-ver-wandt. Dann schämt sie sich kurz ein bisschen, aber glücklich macht es sie doch.

Der Beutel mit dem Tiefkühlspargel, den sie auf ihrem linken Unterarm balanciert, rutscht ein Stück, sie hebt den Arm und klemmt ihn unter dem Kinn fest, die Kälte beißt sie ins Fleisch. Der Arm wird lahm. An ihm hängt eine große Tasche mit einem Marienkäfer und goldener Schrift. Kirsten schließt schnell den Briefkasten zu und steigt die Treppen zu ihrer Wohnung hoch. Sie schwitzt. Sie kann fühlen, dass sie Schweißränder unter den Achseln hat. Eine Haarsträhne hängt ihr ins Gesicht, und als sie die Wohnungstür mit dem Fuß aufdrückt, sieht sie, dass sie eine große Laufmasche am Schienbein hat. Egal, anderthalb Stunden hat sie noch. Zuerst wird sie sich mit Mario, also mit seinem Brief in die Wanne legen, sich vielleicht ein bisschen streicheln, um schon mal in Stimmung zu kommen. Und dann bereitet sie in aller Ruhe die Spargellasagne und die Champagnercreme vor und schminkt sich dazwischen. Er mag es sowieso nicht, wenn sie sich zu sehr zurechtmacht. Sie ist am schönsten so, wie sie ist, sagt er. Er ist der Beste. Er nimmt sie, wie sie ist, er weiß, was ihr im Bett gefällt, er unterhält sie, er liebt sie wie keiner. Das ist es, er liebt sie. Das ist großartig.

Die Wanne läuft ein. Kirsten sitzt nackt am Rand. Jetzt kann sie Marios Brief öffnen. Sie lächelt, reißt das Kuvert auf, überlegt, ob sie laut lesen soll, lässt es aber, der Brief ist ihr Geheimnis, nicht einmal die Badezimmerkacheln sollen es hören. «Liebe Kirsten», steht da, «schaffe es leider nicht, heute Abend vorbeizukommen. Danke für die schöne Nacht. Bis dann. Mario Weger.»

Kirsten dreht den Wasserhahn ab. Liest den Brief noch einmal. Verstaut den Spargel im Tiefkühlfach. Liest nochmal. Wirft das Kuvert weg. Liest. Gießt eine Topfpflanze. Liest. Dann wird ihr klar, dass sie immer noch nackt ist. Dass sie eine Gänsehaut hat. Dass ihr kalt ist. Dass sie sich etwas anziehen sollte. Nicht die roten Dessous, die auf dem Haken im Bad hängen, etwas Warmes, sie muss etwas tun, damit ihr wieder warm wird. Ihre kalten Füße sind das Wichtigste jetzt, die muss sie einpacken, dann kommt was anderes, aber erst ihre Füße. Sie zieht sich ihre Aerobicsocken an und wickelt sich in einen Bademantel. Warm werden. Sie nimmt eine Flasche Wein aus der Käfertasche, roten, gießt ihn in einen Becher, Süßstoff dazu, stellt ihn in die Mikrowelle. Setzt sich. Dann liest sie nochmal.

Schaffe es leider nicht heute Abend. Danke für die schöne Nacht. Bis dann. Es tut ihm Leid. Er schreibt leider. Es tut ihm Leid. Die ganze Sache ist ihm wahnsinnig unangenehm, er weiß ja, dass sie groß kochen wollte heute Abend, dass sie extra nach der Agentur noch in die Stadt fahren würde, um diesen ganz besonderen Wein zu bekommen. Sie trinkt einen Schluck, Zimt fehlt. Er weiß nicht, wie sie reagiert, er will sie nicht verletzen, deshalb hat er den Brief auch unten eingeworfen, anstelle ihn oben im Bett liegen zu lassen oder anzurufen. Wenn er erst im Laufe des Tages von dem Termin erfahren hat, konnte er ja gar keine Nachricht in der Wohnung hinterlassen, er hat ja keinen Haustürschlüssel. Aber das kann er ihr ja alles erzählen, wenn er kommt. Er kann nicht heute Abend. An anderen Abenden schon. Und es hat ihm gefallen mit ihr. Natürlich hat es das, sie sind ein Traumpaar.

Sie geht in der Wohnung herum, die Tasse in der Hand. Sie geht durch alle Räume. Hier an der Kommode hat er sich gestoßen gestern Abend, bevor sie das Licht angeknipst hatte. Sie kommt im Badezimmer an. Die Wanne ist noch halb voll. Sie denkt darüber nach, wer bis gestern Abend mit ihr in dieser Wanne gesessen hat. Das ist ganz wichtig. Harald, der war toll. Der beste Mann im Büro. Verheiratet. Wollte sich scheiden lassen, hat es dann aber nicht gemacht. Das war besser so, er hat gekündigt, und sie hat seinen Job bekommen. Toller Job. Alle Freundinnen waren neidisch. Und dann den Geschäftsführer von dem Club, Roland. Den ganzen Abend lang hat Anja ihn angegraben, aber er wollte sie, nur sie. Sie sahen toll zusammen aus. Irgendein Fotograf von einem Stadtmagazin hat sogar ein Foto von ihnen gemacht, wie sie tanzen. Und Witze konnte der erzählen, richtig gute, Dutzende von Witzen, sie hat nachher im Bett noch immer wieder lachen müssen. Aber die waren alle nicht wie Mario.

Mit Mario kann sie richtig reden, er versteht sie, er weiß, was sie wirklich fühlt. Liebe Kirsten. Er ist so süß, das hat er auch im Bett gesagt, als er über ihr kniete und sie streichelte, liebe Kirsten, liebe liebe Kirsten. Und sie hat dann Ich dich auch geflüstert. Wenn alles stimmt, soll man nicht warten. Und bei Mario stimmt alles.

Sie war dann später oft im Club, aber meistens alleine, Roland musste sich ja um das Büro kümmern und Gäste begrüßen. Bei zwei Männern hat er ihr mal zugeflüstert, die sind ganz wichtig, Schatz, und sie war toll zurechtgemacht und ist nach ein paar Minuten an ihren Tisch gegangen, damit Roland sie vorstellen konnte, und der sagte Spiel mal eine Weile alleine, Süße. Oder hol ein bisschen Schlaf nach, siehst müde aus. Und sie war gegangen und hatte in einem kleinen Café gesessen, und das Schicksal war ja doch immer auf ihrer Seite und schickte ihr diesen netten Zeitungsverkäufer vorbei, mit dem sie dann zwei Wochen nach Korfu gefahren war, einfach so, und das war toll. Sie war noch nie in Griechenland und hatte sich prima erholt.

Bis dann. Mario Weger. Das passt zu ihm. Dass er mit dem ganzen Namen unterschreibt. Er macht nie etwas halb. Und er ist eine runde Persönlichkeit. Vielleicht wusste er auch nicht so recht, wie man so eine Nachricht schreibt. Wahrscheinlich hat er jedes Wort dreimal herumgedreht, weil es ihm so wichtig war, weil er etwas ganz Bestimmtes damit sagen wollte. Liebe Kirsten. Schaffe es leider nicht heute Abend. Danke für die schöne Nacht. Ja, die war schön. Das ist so selten, dass zwei Körper, die sich nicht kennen, so eingespielt auf einander sind.

Kirsten setzt sich mit einer Nagelschere auf den Küchenboden. Vor die Heizung. Sie langt auf die Spüle, da steht noch die offene Flasche, sie nimmt sie herunter, trinkt einen Schluck und stellt sie neben sich. Sie hat also einen unverhofft freien Abend. Schönheitstag, längst überfällig. Sie fährt mit der einen Schneide der Schere unter ihren lackierten Nägeln vorbei. Sie hält sich die Hand vors Gesicht. Sieht durch die gespreizten Finger. Sie schneidet ein bisschen Hornhaut vom Daumen, kaum sichtbar, wenn das Küchenlicht nicht so hell wäre. Dann schneidet sie den Nagel ganz kurz. Den Zuchtnagel, hat zweieinhalb Monate gedauert, bis der so lang war. Aber kurz ist praktisch. Der nächste. Am Ende liegen vor ihr auf dem Linoleum lackierte Halbmonde, die fegt sie zusammen und streut sie in den Blumentopf, der über ihr auf dem Fensterbrett steht. Ihrem Rücken wird langsam ziemlich heiß. Fast tut es weh, fast, dann ganz sicher, sie beugt sich ein Stückchen vor, greift sich wieder den Zettel. Liebe Kirsten.

Sie ist seine liebe Kirsten, immer wieder hat er das geflüstert. Schaffe es leider nicht, heute Abend zu kommen. Es tut ihm Leid. Wenn er nicht kommen kann, ruft er aber wohl nachher mal an. Und er kommt dann ein anderes Mal, morgen zum Beispiel, der Spargel hält sich im Gefrierfach ja. Sie öffnet es und hält ihre Hand hinein, er ist noch da, und der Beutel knistert. Danke für die schöne Nacht. Das war die schönste Nacht, die, in der sie ihn kennen gelernt hat. Ihn. Mario Weger.

Die Kälte beißt in die Handinnenfläche, Kirsten zieht sie

nicht weg. Der Spargel knirscht. Die Kälte sticht kleine Tunnel in die Haut, bohrt sich durch die Hand bis zum Gelenk. Sie zieht sie nicht weg. Liebe Kirsten.

Ich dich auch, sagt sie.

Laut.

Die ganze Wohnung soll es hören.

ralle Frau im SSV

Machen wir uns nichts vor. Die Vorteile des Single-Lebens sind: Man kann sich ungeniert in der Nase bohren, im BH Ravioli aus der Dose essen oder mit offenem Mund fernsehen. Der Nachteil ist: Man tut es dann auch in Gesellschaft. Als Rose sich dabei ertappte, wie sie auf einer Party den gläsernen Bowlenspicker als Zahnstocher benutzte und ihr Taschentuch unter die Bluse in den Bund der Nylonstrumpfhose schob, während ihre Gastgeberin sie fassungslos mit eingefrorenem Lächeln anstarrte, wusste sie, es war wieder Zeit für einen Mann. An sich wäre das ja kein Problem gewesen, denn Rose war eine Frau mit dem Charme einer Galionsfigur, direkt und brachial. Ihr Gang war majestätisch, und hätte sie einmal einen Urlaub in Afrika verbracht, wären ganze Stämme samt den Häuptlingen vor ihrem Hintern auf die Knie gefallen und hätten einen neuen Kult gegründet. Das Problem war nur die Zeit.

Rose war eine viel beschäftigte Frau, die für Zeitungen und manchmal auch fürs Fernsehen arbeitete. Die arbeitslosen Männer, die den ganzen Tag auf der Suche nach Frauen ihre Runden in den Supermärkten drehten, ungefragt Kommentare über die Haltbarkeit von Pomelos und den Zuckergehalt von Cornflakes abgaben und die einmal angesprochenen Frauen dann beharrlich mit dem Einkaufswagen bis zum Regal mit der Monatshygiene verfolgten, um da zum großen Finale anzuheben, diese Männer kamen also schon einmal nicht in Frage. Das Gleiche galt für die Frührentner, die sich von den Arbeitslosen nur dadurch unterschieden, dass sie langweiliger angezogen, weniger muskelgestählt und besser rasiert waren. Die Frührentner waren Perserkater, pflegeaufwendig, verwöhnt, überheblich, von der Kastration mal ganz zu schweigen, und Rose suchte einen Tiger. Einen erfahrenen, dschungelerprobten, starken, unabhängigen Tiger, am liebsten mit eigenem Territorium und ohne Rudel, einen geschiedenen Manager vielleicht, einen verwitweten Nur-Reichen oder jemanden aus der Werbebranche, die waren witzig und hatten große Freundeskreise, und die Graf-Dracula-Brillen und die Gummibärchensocken konnte sie dem Erwählten ja nach und nach abgewöhnen, dazu war Rose Frau genug. Nicht eine einzige Bärchensocke hatte jemals eine Beziehung mit ihr überlebt.

Rose zupfte sich den BH zurecht, in dem sie vorm Fernseher saß und aus einer Fertigpackung Lasagne mit dem Plastiklöffel aß, zappte sich im Sekundentakt durch sämtliche Kanäle und sah so ein gutes Dutzend Spielfilme und einige Nachrichtensendungen gleichzeitig – als Dias. Sie überlegte. Und nach vier oder fünf Dutzend weiteren Dias und einem kalten Weizenbier beschloss Rose, eine Doppelstrategie zu verwenden, um in kürzester Zeit einen Mann zu finden, der intelligenter Anreger, erprobter Ego-Heber, großzügiger Sponsor und geschickter Orgasmusförderer in einem wäre. Sie würde ihre Arbeit etwas einschränken, sich dafür mehr um ihr Äußeres kümmern, vielleicht ein paar Pfund abnehmen und neue Kleidung kaufen und sich gleichzeitig nach einem geeigneten Kandidaten umsehen. Rose war eine Systematikerin und entwarf gleich einen Schlachtplan, inklusive Marktanalyse und Machbarkeitsstudie.

Der Mann, den sie suchte, war etwa vierzig und ungebunden. Er bekleidete eine gehobene Position und war darin erfolgreich, sehr erfolgreich, korrigierte sie sich, er hatte Geschmack und Niveau und war ausgehungert nach ausladenden weiblichen Formen und sanften Händen. Und die sollte er bekommen. Ob es dann etwas Festes werden würde, nun, mal sehen. Der ideale Ort, um so ein Exemplar zu fangen, war gleich um die Ecke: ein großes Einkaufscenter mit einer teuren und gut sortierten Feinschmeckeretage.

Jetzt musste sie nur noch aus der Mauser heraus und in ihr Balzgefieder wachsen. Sie suchte gleich im Telefonbuch die Nummer der «Willigen Gewichts-Wieger» heraus. Dass die Gruppenstunde noch am selben Abend stattfand, wertete sie als gutes Zeichen. Die Stunde selber allerdings erwies sich als Flop. Rose hatte nicht erwartet, in eine Art Massensuggestion hineingezogen zu werden, die sie praktisch durchs Diskutieren schlanker machen würde. Aber sie hatte schon gedacht, dass sie einen ausgeklügelten ernährungswissenschaftlichen Vortrag zu hören bekommen würde. Stattdessen saßen zwei Dutzend Frauen und ein Mann, der sich immer duckte, sobald seine Frau etwas sagte, in einem Kreis und jammerten wie Betende vor der Klagemauer in einem jüdischen Witz. Jemand warf mit erhobenen Händen und Trauermiene ein Wort wie «Bananensplit» in die Runde, und die anderen wiegten sich vor und zurück und jammerten ojoijoijoijoi bis eine andere mit «Currywurst» konterte, und das Jammern von vorne losging. Der einzige Mann verließ nach einer Weile fluchtartig den Kreis. Und plötzlich war der Spuk vorbei. Die Gruppenleiterin plauderte über Kalorientabellen und böses Cholesterin, das sich Rose in Gestalt von ekligen haarigen kleinen Bakterien-Monstern vorstellte, die sich in den Arterien festsetzten und Dämme wie Biber bauten. Die Frauen redeten in ganzen Sätzen und tauschten Rezepte aus. Eine der Frauen schwärmte von einer Beautyfarm, in der es einen Raum gebe, der rundherum verspiegelt sei. Dort werde man für eine Weile eingeschlossen und könne sich von völlig neuen Seiten kennen lernen. Das sei eine sehr spirituelle Erfahrung, und wenn man die nicht alleine bewältigen könne, stehe einem anschließend eine Psychologin zur Seite. Rose dachte bei sich: «Wenn die Göttin gewollt hätte, dass ich die Zellulitis unter meinem Hintern in Großaufnahme sehe, hätte ich sie im Gesicht», und sie beschloss, dass sie schön war, so wie sie war, und sie ihren Luxuskörper lieber neu einkleiden als dezimieren würde. «Eine große Schokoladentorte ist ja auch schöner als ein Napfkuchen» sagte sie sich.

Das sah die Verkäuferin der ersten Boutique entschieden anders. Rose stand gerade in Unterwäsche in der Kabine, als die Verkäuferin den Vorhang aufriss und mit schriller Stimme in die Kabine hineinrief, als sei Rose Meter von ihr entfernt: «Und wie war's bei Ihnen?» Und sie dehnte und leierte das «Ihnen» so lange, als müsste sie sich erst wieder daran erinnern, wie das Wort aufhörte. Rose versuchte, sie darauf hinzuweisen, dass sie noch gar nichts anhatte, aber da griff die Verkäuferin schon das Kostüm, das Rose ausgesucht hatte, und leierte «das passt sowieso nicht, ich such Ihnen mal was». Rose fragte sich, was dieser Satz wohl zu bedeuten hatte, und verbrachte die Wartezeit damit, nachzuprüfen, wann sie ihre nächste Achselrasur in Angriff nehmen müsste. Draußen schrie die Verkäuferin: «Frau Schumacher, hast du das dreimal größer?» Rose zuckte zusammen. Es dauerte nicht lange, und die Verkäuferin riss wieder den Vorhang beiseite, ein kleiner dürrer Mann, der seiner Frau die Einkaufstüten hinterhertrug, musterte sie interessiert aus einigen Metern Entfernung. Rose wurde ein türkisgeblümtes Einmannzelt vorgehalten, und eine Stimme hinter dem Zelt leierte: «Das sollte passen, gnä' Frau.» Rose murmelte, sie werde darauf zurückkommen, falls sie einmal eine Safari plane und alle Hotels ausgebucht seien, aber die Verkäuferin hörte gar nicht mehr hin, sondern ließ Rose wiederum bei offener Kabine im Freien stehen, was diesmal einen pubertätsgebeutelten Demnächstmann begeisterte, stürzte sich auf eine junge Kundin mit der Figur einer Brechbohne und lobte ihre Beine, ihre Sonnenbräune, ihre Haare und ihren gepiercten Bauchnabel, bis Rose sich fragte, ob sie ihr jetzt gleich einen Heiratsantrag machen würde, nur um ein T-Shirt für ein paar Mark zu verkaufen. Sie ließ das Zelt in der Kabine hängen und überlegte, wo sie das Muster schon mal gesehen hatte, als Tapete im Altenheim, als sie ihre Tante besuchte, vielleicht, aber sie kam nicht drauf und wagte sich ins nächste Geschäft.

Mit schweren Taschen beladen schaffte sie es am frühen Abend gerade noch, den Termin im Schönheitssalon einzuhalten, wo ihr eine Friseurin erklärte, sie habe eher «feines Haar», «womit sie meinen, dass es fusselt», ergänzte Rose, und die Friseurin trug beleidigt den Karton mit Pflegeprodukten, den sie Rose eigentlich verkaufen wollte, zur Kasse zurück. Die Kosmetikerin war da auch nicht gerade geschickter und wollte Rose von ihrer «anspruchsvollen Haut» unterrichten, was Rose mit einem barschen «ich weiß, dass ich keine zwanzig mehr bin» abblockte und fortan Ruhe hatte. Aber alle diese Torturen hatten Erfolg, und als Rose sich abends in ihrem großen Wandspiegel in dem neuen dunkelroten Kostüm mit changierender Bluse begutachtete, fand sie, dass ihr Anblick doch ausgesprochen appetitlich war, und sie beschloss, solche Schönheitstage demnächst öfter zu machen. «Vielleicht», überlegte sie sich, «nehme ich dann für die Verkäuferinnen ein Kärtchen mit, auf dem steht, dass ich gehörlos bin.»

Der nächste Tag sollte ihn bringen, den Traummann, gewaschen und geföhnt, mit geputzten Zähnen und gierigen Augen.

Rose schminkte sich sorgfältig und dezent, frisierte sich, zog das neue Kostüm und den geerbten Schmuck an. Eingehüllt in eine Wolke teuren Parfüms schwebte sie wie ein ganzes Geschwader himmlischer Heerscharen in die Delikatessenabteilung. Die Männer mit Einkaufswagen sah sie gar nicht erst näher an. Das waren entweder solche mit Anhang oder ganz bequeme. «Und wie sollen sie mich auf Händen tragen», dachte Rose, «wenn sie nicht einmal ein Tiefkühlhuhn befördert kriegen?» Ihre Kandidaten würde sie ganz hinten finden am Weinregal, da, wo die seltenen Flaschen in großen Glastruhen standen. Es war nicht einfach gewesen, den Nachmittag zu warten, dass es endlich losging, und als dann gegen sieben drüben im Haus die Lichter angingen, und sie wusste, dass da jetzt gekocht und geredet wurde, hatte sie es nicht mehr ausgehalten und sich auf den Weg gemacht. Die übrige Zeit verbrachte sie in der Abteilung mit den Dessous, um sich in Stimmung zu bringen. Dann war es endlich nur noch eine Viertelstunde bis zum Geschäftsschluss – die Zeit, in der die Erfolgreichen, und zwar die ganz Erfolgreichen einkaufen gingen.

Es verirrten sich auch immer ein paar Loser um diese Zeit zwischen die Hummerdosen und Geleegläser, solche, die immer irgendeine Zutat für das Essen abends vergessen, aber die erkannte Rose sofort daran, dass sie hektisch eine Packung Mozzarella auf eine Konservendose geschälte Tomaten warfen und damit zur Kasse stürmten, als wären sie beim Rugby. Die, auf die Rose es abgesehen hatte, ließen sich Zeit. Die nahmen den Ladenschluss bis zur letzten Sekunde in Anspruch, Siegertypen, die sich nehmen, was sie wollen, das gefiel Rose. Jetzt musste sie unter den wenigen herumwieselnden Nadelstreifenhörnchen nur noch die ohne Sippe herausfiltern, aber auch das war kein Problem. «Singles», dozierte Rose leise vor sich hin, «kaufen immer winzige Portionen von völlig überteuerten Delikatessen. Und die stapeln sie auf einem angewinkelten Arm, statt einen Wagen oder einen Korb zu nehmen.» Sie griff sich einige auserlesene Nahrungsmittel, von denen sie gelesen hatte, dass sie eine aphrodisierende Wirkung hätten: Steinpilze, Austern, ein Tütchen Safran, eine Babyananas, eine Ingwerwurzel (von der sie keine Ahnung hatte, wie sie die verkochen musste, und die anschließend eine jämmerliche Existenz als angemalte Minivogelscheuche in Roses Kartoffelschale fristen würde), Kokosmilch und zwei frische, belgische Pralinen. An der Fleischtheke orderte sie eine Scheibe der teuersten Pastete, und dann hatte sie alles komplett. Jetzt war sie ausgerüstet für jeden wie auch immer gearteten Mann: Der Exotiker, der Gesundheitsbewusste, der Luxuriöse, der Genießer, der Vegetarier und der Fleischfan, jeder würde etwas in ihren Armen finden. Nun kam der schwierigste Teil. Sie sah auf die Uhr, noch sieben Minuten.

Rose schlenderte zum Weinregal und begann sich kritisch, aber etwas orientierungslos umzusehen, nahm verschiedene Weißweine aus dem Regal, drehte sie, so gut es mit einer Hand ging, herum, stellte sie wieder weg und suchte weiter. Direkt hinter sich hatte sie ein in Frage kommendes Objekt geortet. Schlank, Mitte vierzig, Typ Oberarzt. Aber dann griff er sich einen Literkarton Migräne-Traufenstein und erledigte sich damit selbst. Der Migränemann verschwand, und da bog er um die Ecke. Er. Rose konnte fast die Hufe des Schimmels klappern hören, als ihr Prinz die Weinabteilung für sich einnahm. Er trug einen maßgeschneiderten Anzug und eine Brille mit halben Gläsern. Seine Socken waren dunkel und uni. Und sie passten zu den Schuhen. Das war mehr, als eine Frau erwarten durfte. Sein Aftershave wehte zu ihr herüber. Sie lächelte zurückhaltend (offen, aber sophisticated) und sagte: «Entschuldigen Sie bitte, wissen Sie vielleicht, welcher Weiße besser zu einem Steinpilzsoufflé passt? Ich kenne mich da nicht so aus.» Und sie versuchte, gleichzeitig gebildet und hilfsbedürftig auszusehen. Es gelang ihr offenbar, denn der Sockenträger biss sofort an und hielt einen Vortrag über die Vorzüge des Grauburgunders, gab allerdings zu bedenken, dass er in Verbindung mit dem Ingwer womöglich «etwas zu libertär» schmecken könnte, und empfahl ihr einen französischen Weißwein, «klassisch, aber nicht zu puristisch». Rose zog eine Augenbraue hoch und bemühte sich, wirklich beeindruckt auszusehen. Sie bedankte sich und drehte ihm schnell den Rücken zu, jetzt kam Phase zwei. Während sie die Flasche zwischen Ananas und Austern verstaute, ließ sie die Pralinen fallen. Der Sockenträger verriet sich, dass er sie immer noch ansah, und hob den kleinen Karton für sie auf. Sie strahlte ihn an, eine Sekunde länger als nötig, damit er ihr kunstvolles Augen-Make-up bewundern konnte, und deutete mit einem Schulterzucken an, es sei aber auch schwierig, die ganzen Sachen herumzubalancieren. Er lächelte ebenfalls und begann, ihr Geschichten mit heruntergefallenen Delikatessen zu erzählen, während sie zur Kasse schlenderten. Den Lautsprecherhinweis, das Geschäft werde jetzt geschlossen, ignorierte Rose genauso wie der Sockenträger, wenn einem die Welt gehört, ist das Kaufhaus samt Personal inbegriffen. Sie wartete wie selbstverständlich, während er seine Einkäufe bezahlte und ununterbrochen weiterredete, als seien sie alte Bekannte. Nur an seinem etwas zu stoßweise herausgeatmeten Lachen zwischendurch merkte Rose, dass er nervös war, und das war auch gut so. Mit einem einzigen Blick hatte sie sein Abendessen taxiert. Etwas Blauschimmelkäse, schwarzer Reis, frische Kräuter, Oliven und eine gefüllte Taube, bei der Rose an der Fleischtheke auch überlegt hatte, ob sie wohl in Frage komme. Jetzt ärgerte sie sich, aber daran würde es hoffentlich nicht scheitern.

Der Sockenträger stellte sich vor: «Von Mettmann, Friedrich von Mettmann. Und wie heißen Sie?» «Rose Weiniger», sagte Rose und hauchte das e ihres Vornamens, als sei sie sich selber nicht ganz sicher, ob es noch dazugehörte oder nicht. «Wie die Rose in Titanic?», fragte Friedrich. «Eher wie die Primel auf dem Balkon», scherzte Rose. Der von und zu lachte nicht, sondern küsste ihr die Hand. Und dann lud er sie zum Essen ein, die Einkäufe, betonte er, hielten sich ja gewiss einen Tag. Und Rose, die kluge, lehnte ab, er sollte zappeln. Aber sie erwähnte auf dem Weg nach draußen die Fernsehredaktion, wo sie zu erreichen war. Dass sie dort nicht fest angestellt war, sondern nur als Freie kleinere Rechercheaufgaben übernahm, sagte sie ihm nicht. Sollte er glauben, sie sei eine Nachrichtenredakteurin, auf dem Parkett der Welt zu Hause und bewandert in allen politischen Krisen rund um den Globus.

Dass sie in Wirklichkeit für die «Kannibalen» arbeitete, sagte sie ihm nicht. Die Kannibalen waren etwa zehn Journalisten, die ein Magazin mit Storys belieferten, in dem es in jeder Ausgabe um ermordete Frauen, ermordete Kinder, abgetrennte Leichenteile oder Ähnliches ging. Rose war zuständig für vier bis fünf Städte, in denen sie sich gut auskannte und in denen sie die Reporterteams bei Familientragödien oder spektakulären Selbstmorden zu den Orten des Verbrechens führte. Sie zeigte ihnen die frischen Kindergräber, die Treppenstufen, auf denen noch Windlichter und kleine Teddybären standen, oder organisierte geschwätzige Nachbarn, die für ein paar Mark Sätze in die Kamera sagten wie «Das hätte ich nie gedacht», «Er war immer so ein ordentlicher Mensch» oder «Mich hat der immer freundlich gegrüßt». Diese hartgesottene Redaktion beschwatzte Friedrich von Mettmann so lange, bis sie ihm schließlich Roses Telefonnummer gaben. Rose konnte den Stolz in seiner Stimme hören, das zuwege gebracht zu haben, als er sie am nächsten Tag erreichte. Dass sie noch am Abend, an dem sie Mettmann in der Weinabteilung erstanden hatte, die Sekretärin um diese Indiskretion gebeten hatte, musste er nicht unbedingt wissen.

Rose gab sich empört, wie das Fernsehen mit ihrer Privatsphäre umging, und von Mettmann gab sich große Mühe, sie zu besänftigen, und plauderte und scherzte mit ihr über eine halbe Stunde. Er gab sein Äußerstes, ihr eine Vielzahl an interessanten Themen zu liefern, aber Rose kannte die Männer und ihre Sprache sehr genau. Sie wusste sehr gut, dass «Du hast einen schönes Kleid an» bedeutet «Geile Brüste» und dass es bei dem Satz «Vielleicht haben Sie ja Lust, morgen Abend mit mir zu essen, ich würde gerne für Sie kochen» in Wirklichkeit heißt «Ich will mit dir vögeln, und um das zu bekommen, koche ich sogar». Rose ließ ihn wählerisch einige Menüvorschläge machen, verlegte das Date um zwei Tage, schlug ein Restaurant vor, kam dann doch wieder auf seine Wohnung zurück, und als er schon ganz kraftlos klang, verabredete sie sich endlich mit ihm, flüsterte noch, sie freue sich auf seine schönen grauen Augen, und legte auf, bevor er reagieren konnte. Rose zog sich Hose und Bluse aus und lehnte sich in Unterwäsche auf dem Sofa zurück. Das war besser gelaufen, als sie gehofft hatte. Jetzt kam die Phase drei: Unglaubliches eröffnen und auf eine ganz andere Art halten.

Eine der Einkaufstaschen lag noch prall und schimmernd

auf ihrem Schminktisch im Schlafzimmer. Sie öffnete die Lasche und betrachtete ihre Einkäufe: dunkelsilbrige Spitze und auberginefarbene Seide. Darunter in einem Schuhkarton Lackpumps mit hohen Absätzen, mit wirklich hohen Absätzen. Sie breitete alles auf einer Kommode aus, klappte ihr Bügelbrett auf und begann, ihren Trenchcoat zu bügeln. Sie trug ihn fast knöchellang und eine Nummer zu groß, und das war gut so, denn immerhin wollte sie auf dem Weg zu seiner Wohnung nicht irgendeinem Taxifahrer eine Gratisshow liefern, und mit diesem Mantel würde niemand bemerken, was sie darunter trug, dass sie nämlich nichts darunter trug, nur die neue, sündhaft teure Wäsche, die ihre wogenden, üppigen Formen kaum bedeckte. Rose schminkte und frisierte sich genauso wie im Kaufhaus, zu viele Veränderungen waren nicht gut, das verkrafteten Männer nicht. Sie streifte die langen Strümpfe über, schnürte sich in das dunkle Korsett, legte sich einen breiten Schal aus Gaze um die Schultern und fuhr zu Mettmanns Wohnung.

Der hatte sich eine Küchenschürze umgebunden, auf der stand «Der Chef kocht persönlich», aber in der Hand hielt er keinen Kochlöffel, sondern ein Handy, als er die Tür öffnete. Er lächelte, als er Rose sah, winkte sie mit kleinen hektischen Bewegungen in die Wohnung und telefonierte dabei auf Italienisch. Rose sah das mit Wohlwollen, zweisprachig also, mindestens, nun ja, «wahrscheinlich», dachte sie, «hat er auch oft in Italien zu tun, Mailand vielleicht», und sie sah sich in Gedanken schon durch Dutzende italienische Schuhgeschäfte bummeln. Als Mettmann aber auch nach einigen Minuten noch nicht aufhörte zu telefonieren, wurde sie langsam ungeduldig. Sie stand vor ihm in der hell erleuchteten Diele (mit einem Blick hatte Rose die teuren Designerleuchten taxiert, die überall herumstanden) und sah ihm zu, wie er «pronto pronto» in den Hörer raunzte. Langsam und ohne ihn aus den Augen zu lassen, öffnete sie den Gürtel des Trenchs. Mettmann nickte auffordernd und zeigte auf die Garderobe direkt neben Rose. Aber Rose interessierte die Garderobe nicht. Der Gürtel war aufgeknotet, jetzt waren die Knöpfe an der Reihe, einer nach dem anderen. Mettmann lächelte sie an und zuckte bedauernd mit den Schultern, machte aber keine Anstalten, das Gespräch zu beenden. Rose war beim untersten Knopf angelangt, richtete sich wieder auf und zog in Zeitlupe die beiden Seiten des Mantels auseinander.

Ausladend und stolz wie eine Galionsfigur stand sie vor ihm, die kräftigen Beine in glitzernden schwarzen Strümpfen, darüber ein durchsichtiges auberginefarbenes Knickerbockerhöschen, unter dem sie gar nichts mehr trug als hennarot gefärbtes feuchtes Gekräusel, dann das Korsett, das ihre Taille schmaler schnürte und dadurch die Hüften und den weißen, wogenden Busen umso üppiger hervorquellen ließ. Mettmann lächelte nicht mehr. Seine Kinnlade war heruntergefallen, und als er sie auch nach einer halben Minute nicht wieder schloss, befürchtete Rose schon eine Kiefersperre. Sie ließ den Trench über die Schultern gleiten und hielt ihn mit den angewinkelten Armen fest. Der schwarze Gazeschleier auf ihren Schultern wirkte verheerend, durch die Transparenz des Stoffes sah sie noch viel nackter aus, als sie ohnehin schon war. Mettmann sortierte seine Backenzähne aufeinander und lächelte dann so breit, als müsste er eine Banane quer hineinschieben. Er beendete das Telefonat augenblicklich. «Na also», flüsterte Rose, «es geht doch.»

Mettmann setzte zum Sprung an, aber Rose hielt ihn mit einer energischen Geste ab, «nicht anfassen!», wisperte sie gebieterisch. Mettmann, der ohnehin nur noch über die Hälfte des Blutes im Gehirn verfügte, sah sie irritiert an, und Rose hob ihre Hand und zählte an den weißen, prallen Fingern ab, wie sie sich den Abend vorstellte.

«Erstens: Sie dürfen mich ansehen, aber nicht berühren, auch nicht rein zufällig oder an unverfänglichen Stellen. Zweitens: Sie sind den ganzen Abend voll bekleidet. Drittens: Sie fassen sich auch nicht selber an. Viertens: Auch ich fasse Sie nicht an. Und fünftens: Wir können aber darüber reden, was wir tun könnten oder möchten, und da gibt es dann keine Verbote.» Mettmann brauchte eine Weile, bis er es geschluckt hatte, aber dann nickte er und seine Augen glänzten glasig.

Sie saßen einander gegenüber, zwischen sich der antike Tisch und die dampfenden Schüsseln. «Meine Liebe», sagte Mettmann, «würden Sie sich etwas vorbeugen, damit ich Ihre Brüste besser sehen kann? Oder», er zögerte, «darf ich Titten sagen?»

Rose nickte huldvoll, beugte sich vor und spielte an ihren Brustwarzen herum, die sich durch den Stoff des Korsetts abzeichneten. Mettmann verfolgte jede ihrer Bewegungen.

«Kribbelt es schon in Ihrem Schwanz?», fragte Rose mit einem Tonfall, als erkundige sie sich nach dem Soßenrezept, und streckte die Zunge heraus, um den Löffel abzulecken.

Mettmann schluckte. «Wenn man so eine Frau vor sich sitzen hat, all dieses weiße, quellende Fleisch, und wenn ich dann daran denke, was ich alles nicht sehe, ihre Schenkel zum Beispiel und das schwarze Höschen dazwischen, dann kribbelt es schon ganz gewaltig.»

«Das Schöne an ebendiesem Höschen ist, dass es an den Mösenhärchen knistert, das fühlt sich ziemlich geil an. Und wenn ich dann feucht werde, und», sie lächelte, «das wird jeden Moment so weit sein, dann saugt sich der Stoff nicht voll, sondern die Nässe wird ganz seimig und verteilt sich in der Spalte bis oben zur Clit und unten zum Hintern. Wenn Sie dann gleich Ihren Finger in mein Höschen stecken würden, würden Sie nur so hineingleiten in mein Möschen.»

Mettmann schluckte hart und zerteilte hackend sein Gratin auf dem Teller. «Dann könnte ich mich ja vor Sie knien und erst einmal über den Stoff lecken und dabei versuchen, von der Seite hineinzufingern. Und wenn Sie dann kurz aufstehen, kann ich es Ihnen herunterziehen und den Duft einsaugen, und dann setzen Sie sich wieder hin und legen Ihre Beine über die Stuhllehnen, und ich knie dann vor Ihnen und vielleicht», er kicherte, «bestreiche ich Ihre Muschi mit Sahne und lecke sie als Dessert aus.»

«Sie wollen mich nur mit der Zunge ficken?» Rose sagte das, als sei sie erstaunt darüber, dass das Lamm mit Thymian gewürzt sei. Mettmann verschluckte sich fast.

«Aber sicher nicht. Ich werde das Geschirr herunterräumen und Sie auf diesen Esstisch legen und dann Ihr Vötzchen ficken, dass Sie glauben, Sie lägen direkt über einem Erdbeben.»

«Es ist schön, wenn Sie Vötzchen sagen. Das ist so roh, so vulgär.»

Mettmann steigerte sich: «Ja, Ihre nasse Pussy, Ihre geile kleine Spalte, die heiße, die werde ich vögeln und durchficken und …»

«Ihre Hugo-Boss-Krawatte hängt in der Soße». Mettmann sah sie wie getreten an, Rose amüsierte sich köstlich. Sie wusste sehr wohl, dass er unter Umständen kommen konnte, nur indem er sie ansah und darüber redete, aber so einfach sollte er es nicht haben. Nicht an diesem Abend. Ein Tiger muss jagen. Heute Abend sollte er erst einmal Blut lecken. Und auf das «lecken» wollte sie ihn nun wieder hinlenken, damit sie sich heute Nacht im Bett an seine Sätze erinnern konnte, wenn sie ihr Maschinchen aus dem Nachttisch nahm und sich das besorgte, was sie Mettmann verboten hatte. Sie öffnete die Lippen langsam und provozierend und wollte wieder auf seine Zunge zurückkommen, die doch bestimmt auch mit ihren Brüsten einiges anzufangen wusste.

Es wäre alles so schön gewesen, wenn sich nicht genau in diesem Moment die Tür geöffnet und ein schlaksiger Junge mit langen filzigen Rastazöpfen hereingeschoben hätte. Er schob sich auch noch bis zum Esstisch, wo Rose versuchte, sich in den Gazeschleier zu hüllen, und mit einer Hand panisch nach dem Trench auf dem Sofa tastete. Mettmann seufzte, Rose konnte über den Tisch hinweg förmlich spüren, dass seine Erektion zu einer rötlichen schlaffen Schnecke zurückschrumpfte wie eine Kerze unter einem Flammenwerfer. Rose starrte fassungslos auf den Typen, der da vor ihr stand und sich offensichtlich gerade noch davon abhalten konnte, in ihr Dekolleté zu speicheln.

Er war noch schwer in der Pubertät, auf der Stirn stritten sich drei Pickel um den Titel der «Beule des Jahres» und aus seinem Kinn wuchs ein spärliches Ziegenbärtchen undefinierbarer Farbe, an dem er ständig herumzupfte, als könnte er es so zum schnelleren Wachsen bewegen. «Das Gleiche habe ich früher mit meinen Brustspitzen gemacht», dachte sie und musste schmunzeln, «aber genutzt hat es nichts, das wächst erst, wenn es will.» Der Hänfling trug ein vergammeltes T-Shirt mit einem Schlumpf darauf, das so eng war, dass Rose seine Rippen darunter sehen konnte. Mettmann hatte seine Stirn auf die gefalteten Hände aufgestützt und stöhnte. «Wollen Sie mich nicht vorstellen?», fragte Rose spitz. «Das ist mein Sohn», stöhnte

Mettmann, «aber ich nenne ihn einfach Termite, weil er alles, aber auch absolut alles auffrisst, was hier in der Wohnung zu finden ist. Normalerweise ist er ja im Internat, aber was soll ich machen in den Ferien?» Rose erwartete, dass die Termite verlegen werden und sich schnell hinausschieben würde, schleichend mit dem Beckenknochen voran, anscheinend war das seine natürliche Fortbewegungsart.

Aber stattdessen setzte er sich zu Rose und Mettmann an den Tisch, griff sich Mettmanns Teller und seine Gabel und schaufelte sich die Reste auf den Teller. Und auch hier zeigte er ganz eigene Bewegungen, er kaute das Essen nicht, sondern schob sich die hochbeladene Gabel einfach einmal links und danach rechts in die Backentaschen, wenig später zuckte dann der Adamsapfel am dünnen Hals, dann öffnete sich der Schlund wieder und neues Essen wurde hineingeschoben. «Erstaunlich, was junge Männer so vertilgen können», bemerkte Rose spitz, während sie sich den Mantel anzog und über dem Busen zusammenhielt, und die Termite nickte grinsend und kratzte die letzten Reste vom Teller. Auch die Dekoration verschlang er, dann lehnte er sich zurück und strich sich genüsslich über den Schlumpf auf seinem Bauch und zupfte an seinem Ziegenbärtchen. «Es ist uncool», sagte Rose fast mütterlich, «an dem ersten Bärtchen herumzuzupfen, das ist so, wie wenn Frauen sich ständig am Piercingring im Bauchnabel herumfummeln, es ist nur cool, wenn man es trägt, als sei es gar nicht da.» Die Termite nahm ihr diese Zurechtweisung nicht übel, er dachte eine Weile über ihren Kommentar nach und nickte dann lächelnd. «Arbeitest du bei ihm?», fragte er Rose und zeigte in Richtung seines Vaters. Rose schüttelte den Kopf. «Ich arbeite für eine Fernsehredaktion, ich recherchiere Drehorte.»

«Das heißt, du zeigst dem Kameramann, wo sich wer erhängt hat, und dann zeigst du ihm die Tante von dem Nachbarn des Hauses, wo sich wer erhängt hat.» Rose wurde rot und nickte. Sie konterte: «Und haben Sie sich schon beruflich orientiert?» Die Termite lutschte genüsslich am Griff eines Messers herum. «Ich hab mal ein Praktikum gemacht in der Milchverarbeitung. Aber Mann, echt, der Gestank, unerträglich. Vor allem da, wo die Wagen gewaschen werden, die vom Melken kommen, das ist wegen der Chemikalien. Ich hab da aber innen an so einer Maschine gestanden, aus der den ganzen Tag Milch in die Tüten schoss, Hunderte von Litern», er beugte sich vor und fixierte Rose, «und ich hab die ganze Zeit gedacht, dass in den riesigen Edelstahlcontainern Frauen mit riesigen Brüsten sitzen. Die sitzen einfach da mit steinharten Nippeln und an ihren weißen, ballongroßen Brüsten sind Saugmaschinen angeschlossen. Oben ein Trichter aus weichem Gummi und dann Schläuche, durch die die Milch fließt. Mann, echt, dieses Bild bin ich nicht losgeworden. Überall, dachte ich, sitzen hier Frauen um dich rum, und die Busen wackeln und die Noppen um die Brustwarzen werden ganz hart, wenn der Saugeffekt der Maschinen anfängt. Und ich hab gedacht, die warten bestimmt doch noch darauf, dass ich mal in die Maschinen komme, während der Vakuumeffekt ihnen die Milch abpumpt, und es ihnen so richtig nett mache. Und ich habe gedacht, die schmecken bestimmt auch noch woanders nach Milch, nicht nur an den Titten, aber an all die feuchtwarmen, milchschmeckenden Muschis durfte ich dann gar nicht denken, da konnte ich mich dann überhaupt nicht mehr auf die Tüten konzentrieren.» «Er ist rausgeflogen, weil er sich mitten im Milchwerk einen runtergeholt hat», unterbrach Mettmann, dem es gar nicht passte, dass Rose schon eine ganze Weile kieksend vor sich hinblubberte und jeden Moment anfangen würde, schallend zu lachen.

Sie notierte sich im Kopf, dass sie unbedingt den Kannibalen von dieser Story erzählen musste, vielleicht kam so etwas in Milchwerken ja öfter vor, mit Sicherheit gab es da irgendwo einen Fall von einer geschwängerten Milchfachfrau, den man groß rausbringen konnte.

Sie sah Mettmann an, wie er zornig und speichelsprühend seine teure Designerbrille immer wieder auf- und absetzte und seinen Sohn anfauchte, er solle sich vom Acker machen und sein verkorkstes Leben, auf das er auch noch stolz sei, in seinem Zimmer fortführen. Er duckte seinen Kopf, wenn er einen neuen Satz anfing, und grub sich dann mit schüttelnden Bewegungen durch eine dicke Schicht an Schimpfwörtern und Vorhaltungen. Eigentlich, überlegte Rose, sah er weniger wie ein Tiger, sondern eher aus wie ein Frettchen, ein zorniges, beleidigtes Frettchen, dem jemand einen Kübel Abwasser in den Bau gekippt hat.

Sie sah auf die geschmackvolle Wohnzimmereinrichtung, die teuren Lampen, das venezianische Glas, den Schmuck, den Mettmann trug, und seine gepflegte, kultivierte, erfolgreiche Erscheinung. Und daneben auf den Flegel im Schmuddellook, die Termite, deren CD-Sammlung mit Sicherheit um einiges umfangreicher war als sein IQ. Aber seine Haltung war plötzlich nicht mehr wie ausgegossen, sondern aufgerichtet und wie zum Sprung angesetzt. Seine Kieferknochen, die so unglaublich viel Nahrung zermalmen konnten, arbeiteten sichtbar unter der Haut, und wenn er seinem Vater etwas erwiderte, waren es kurze, hingekratzte Sätze, aus dem schmächtigen Brustkorb hervorgegrollt und in die Luft gebissen.

Mettmann griff nach Roses Hand, die zog sie zurück, wenn er sich irgendwo festhalten musste, dann bitte nicht an ihr, sie war ein Schmuckstück, kein Rettungshaken. Sie dachte an die

Reisen nach Italien, die ihr bevorstanden, die exklusiven Schuhläden, die Augen ihrer Freundinnen, wenn sie den von und zu vorstellen würde. Sie dachte an das phantastische Essen, das er kochen konnte, und an die raffinierten erotischen Spiele, die sie sich zusammen noch ausdenken konnten. Aber da waren auch die Schweißränder des Schlumpfshirts, unter dem sich die Rippen abzeichneten, und von diesem Anblick konnte sie sich gar nicht mehr lösen. Mettmann spuckte seinem Sohn inzwischen eine Predigt entgegen, die so gespickt war mit Fremdwörtern, dass Rose keine Ahnung mehr hatte, worum es eigentlich ging, an der Stelle des Hänflings wäre sie längst aufgestanden und gegangen, aber der saß ganz gelassen da, kannte diese Ausbrüche seines Vaters offenbar und amüsierte sich köstlich. Fast majestätisch saß er da, während Mettmann vor ihm wie ein aufgebrachtes Erdhörnchen hin und her hüpfte und dabei immer kleiner und kleiner wurde.

Rose dachte daran, dass sie später vielleicht einmal ihren Job bei den Kannibalen aufgeben könnte, um nur noch das blitzsaubere luxuriöse Heim mit netten Gästen zu bevölkern. Sie dachte daran, dass die Termite das ganze Essen für zwei Personen auch alleine weggespachtelt hätte. Und sie dachte an die Frauen in den Edelstahltanks, die Gummimanschetten um die riesigen Brüste, sie dachte an das erste Ruckeln und Zittern, wenn die Maschine wieder angeworfen wurde, an das erste nuckelnde Saugen, das Ziehen und dann die Ströme von Milch, die sich in die Schläuche ergossen, begleitet von einem süßen, klebrigen Gefühl zwischen den Schenkeln, das sich jetzt auch in Rose ausbreitete, sie vom Schoß aus überschwemmte und sie auf einer großen, warmen Welle sanft hin und her schaukelte. Und mit einem Mal wusste sie, dass sie auf die exklusiven Schuhläden, die Partys und die kultivierte Konversation vor dem Kaminfeuer locker verzichten konnte. «Habe ich dir eigentlich schon gesagt, wie ich heiße?», unterbrach sie die Tirade des völlig irritierten Mettmann und sah der Termite mit feuchtglänzendem Blick in die braunen, bernsteinbraunen, tigerbraunen Augen, «ich heiße Rose.»

«Rose», staunte die Termite, lehnte sich grinsend zu ihr herüber und ignorierte den schnaufenden Mettmann völlig, «wie Veilchen?», und stahl sich erneut einen Blick in den nun nicht mehr ganz so eng zusammengehaltenen Trench.

«Wie Veilchen», flüsterte Rose und tippte mit dem sorgfältig lackierten Zeigefinger genau auf die blaue Nase des Schlumpfs.

ie Leidenschaft es Tausendfüßlers

Vermutlich wäre ich Josua nie begegnet, wenn es nicht geregnet hätte. Ich war mit einer Freundin in der Stadt unterwegs zum Kampfshoppen, einer Freundin, die besser aussieht als ich, muss ich dazusagen. Und weil es mich immer so ärgert, dass ihr wesentlich mehr Männer hinterhersehen als mir, achte ich, wenn ich mit ihr losziehe, immer darauf, dass man das bemerkt, was an mir eindeutig schöner ist: meine Beine. Ich bin ohnehin größer als sie, aber wenn ich im Minirock mit Stilettosandalen durch die Fußgängerzone stöckele, können Sie mir glauben, dass ich mindestens genauso viele Blicke auf mich ziehe. Die Schuhe, die ich für diesen Stadtbummel ausgesucht hatte, waren Folterwerkzeuge: zehn Zentimeter dünnster Absatz, vorne und an den Seiten offen und nur um die Fußfessel und den großen Zeh ein dünnes goldenes Bändchen mit Strasssteinen. Gegen meine Schuhe tragen Barbiepuppen nur Öko-Galoschen. Allerdings waren diese Sandalen wirklich unbequem, schon im Parkhaus scheuerten die Riemchen um die großen Zehen, und dann fing es auch noch an zu regnen. Meine Freundin verabschiedete sich früher als geplant und rannte irgendeinem Bus hinterher. Und ich stand patschnass da in der Fußgängerzone vor einem Schuhgeschäft und träumte von klobigen Herrenslippern und Gesundheitstretern. Und während ich an der Auslage vorbeistöckelte und versuchte, nicht in die Pfützen zu treten, weichten die goldenen Riemchen auf und rissen, ich verlor den Halt, knickte um und fiel hin. Praktisch im gleichen Moment kam aus dem Geschäft ein Verkäufer geschossen, als hätte er mich beobachtet und nur darauf gewartet, dass ich hinfallen würde (er *hatte* mich beobachtet, er *hatte* darauf gewartet, dass ich hinfiel, aber das wusste ich da noch nicht). Er half mir hoch und sagte nur: «Ich heiße Josua, ich werde mich um Sie kümmern», mehr nicht. Ich fand das schon merkwürdig, aber er sagte es so selbstverständlich, dass ich zuließ, wie er mich um die Taille fasste und ins Geschäft führte.

Drinnen nickte er einem Kollegen zu und sagte: «Ich helfe der jungen Dame gerade mal, kümmern Sie sich bitte um die Kunden», und brachte mich ins Lager, wo er mich neben einem Waschbecken auf einen gepolsterten Stuhl mit Plastiküberzug setzte. Dann hockte er sich vor mir auf eins der altmodischen Bänkchen, auf denen früher die demütigen Fräuleins vor Kunden gesessen haben, um Senkel zuzuschnüren oder ihnen mit dem Schuhlöffel zur Hand zu gehen. Einen Moment lang dachte ich darüber nach, dass mein Rock wirklich sehr kurz war und dass mir dieser Josua von seinem niedrigen Höckerchen aus genau auf den Slip sehen konnte, aber er versuchte es gar nicht, sondern füllte Wasser in eine Schale, griff nach einem Schwämmchen und einer roten Tasche, die sich als Erste-Hilfe-Köfferchen entpuppte. Ich wunderte mich nicht, dass er das alles in Reichweite hatte, und hielt es für Zufall. Später erzählte er mir, dass das genau der Moment gewesen war, von dem er seit Monaten geträumt hatte: Eine schöne Frau knickt vor seinem Geschäft um und muss verarztet werden. Er schnürte das Riemchen, das nicht aufgeweicht war, von der Fessel und zog mir behutsam den Schuh aus. Ich zuckte ein paar Mal zusammen, ich bin nämlich sehr kitzlig, ich lache schon, wenn ich nur auf dieser Platte stehe, auf der man von zwei Seiten Lineale an die Füße heranschieben kann, um die optimale Größe zu finden. Sobald mich die Lineale berühren, fange ich an, zu kichern und hüpfe schnell herunter, bevor mein Gegacker peinlich wird. Aber Josua ließ sich von meinem Zucken gar nicht stören. Er nahm den umgeknickten Fuß fest in die Hand und drehte vorsichtig das Gelenk. Es tat nicht weh. Dann tunkte er das Schwämmchen ins Wasser und wischte mir vorsichtig Schmutz und kleine Steinchen von der Haut. Er war überaus gründlich, und weil er sich so sehr auf das, was er tat, konzentrierte und sich offenbar auch nicht unterhalten wollte, lehnte ich mich in dem Stuhl zurück, ließ es zu, dass mein Rock noch ein Stückchen weiter hochrutschte, und entspannte mich. Nachdem er beide Füße mit dem Schwämmchen gewaschen hatte, suchte er in dem Koffer nach Jod und tupfte es vorsichtig auf die Schrammen unter dem Knöchel. Dann untersuchte er die beiden wunden Stellen auf den großen Zehen, an denen das Bändchen gescheuert hatte, und fragte, ob er sich darum auch noch eben kümmern sollte. Und er fragte das mit einem Ton, dass ich es eher als Bitte verstand und weniger als Angebot. «Sie mögen Füße, was?», fragte ich. Und er lächelte mich sehr schüchtern an und sagte: «Ihre sind perfekt. Sie haben einen überhohen, gewölbten Spann wie eine Balletttänzerin, die auf der Spitze steht. Ihr Ballen und das Gelenk sind schmal. Ihre Ferse ist ganz weich, praktisch ohne Hornhaut, obwohl Sie sie mit solchen Billigschuhen malträtieren. Ihre Zehen sind gerade und nicht zu lang, genau richtig, und vor allem Ihre Nägel sind wunderschön: trapezförmig, ohne Rillen. Und nirgendwo eine Ader, alles gleichmäßig gebräunt, nur hier», er strich mit einem Finger an der Seite des Fußes entlang, «ist in der S-Form der Wölbung fast unsichtbar die Linie, wo die Haut weißer wird und in die Sohle übergeht.» Er lächelte und beobachtete mich genau. Ich war nicht zurückgezuckt. Er zählte alle diese Sachen auf, als spreche er ein Gedicht, und ich wurde neugierig. «Sie mögen Füße», sagte ich nochmal, und dann nach einem kleinen Zögern: «so richtig, meine ich?» Er nickte. «Füße sind etwas Wunderbares», seufzte er, «auch wenn ich selten so schöne Exemplare zu sehen bekomme.» Dann veränderte sich sein Blick, wurde forsch und groß, und etwas lauter sagte er plötzlich: «Wollen Sie mit mir ein Wochenende verbringen? Ich werde Ihnen zeigen, was ich meine.» Ich war immer eine Frau, die viel an Sex denkt. Ich hatte die üblichen Phantasien vom jugendlichen Aushilfskellner, der mir auf die Damentoilette der Kneipe folgt, um mich da gegen die Wand zu nageln, oder vom Pizzamann, der mir von hinten zwischen die Beine langt, während ich im kurzen Kimono in der Dose auf der Spüle nach Kleingeld suche. Mit jemandem, den meine Füße offensichtlich mehr interessierten als meine Möse, hatte ich mich noch nie beschäftigt. Es reizte mich.

Samstagmittag wartete ich vor dem Laden auf Josua. Ich hatte die beiden Blasen mit Pflastern umklebt, mir die Nägel ablackiert und trug normale halbhohe Pumps, auf denen ich gut laufen konnte, denn Josua wollte zuerst mit mir herumspazieren, er sagte «zu Fuß gehen», und betonte das so weich, als beschreibe er damit ein Vorspiel. Als er aus dem Geschäft kam, hatte er ein Päckchen unterm Arm. «Für dich», sagte er, «aber erst später.» «Ich heiße Elke», sagte ich unvermittelt, um irgendetwas zu sagen. Er reagierte nicht darauf, legte seine Hand auf meine Hüfte und wir gingen los. «Wenn ich die Hand hier liegen habe, kann ich genau fühlen, wie sich deine Beine beim Gehen bewegen», sagte er. Ich nickte nur, darauf fiel mir nichts ein. Wir gingen durch die Stadt, und er kommentierte die uns entgegenkommenden Frauenfüße. «Zu knubbelig», sagte Josua. «Zu ungepflegt. Die da eiert auf ihren Absätzen, wenn man keine tragen kann, soll man es auch lassen.» Ein asiatisches Punkmädchen kam uns entgegen. «Hübsch», sagte er und drehte sich um, «aber schmutzig.» Dann flüsterte er: «Da vorne, die in den Schlangenlederpumps, perfekt, ein Spann zum Abstürzen, und die Haut seidenweich, das sieht man.» Ich musterte ihn erstaunt. Die Frau, zu der die tollen Füße gehörten, war zwanzig Jahre älter als ich, trug ein unmögliches Kostüm, das viel zu eng war, und hatte fettige Haare. Aber Josua war ganz verzückt. Höher als bis zum Knöchel sah er sowieso nie. Deshalb ging er auch mit gesenktem Blick durch die Stadt, den Kopf zwischen die Schultern gezogen. Das sah schüchtern aus, war aber dreist, denn auf diese Art beobachtete, ich möchte fast sagen, spannte er, was ihm da entgegentrippelte, an ihm vorbeilatschte, stöckelte und stakte, schlenderte und rannte. Er zeigte mir noch zwei oder drei perfekte Fußpaare, und als wir an seiner Haustür ankamen und ich mich an ihm vorbei in den engen Flur schlängelte, fühlte ich, dass er eine Erektion hatte.

Jetzt wollte ich aber doch wissen, ob dieser Ständer wenigstens mir galt, also schmiegte ich mich an ihn, tastete zu seinem Schwanz hinunter und hauchte ihm ins Ohr: «Gehört der jetzt mir oder der Frau mit den Schlangenlederpumps?» «Wenn schon, dann ihren perfekten Füßen», grinste er, «die Frau hab ich gar nicht gesehen, aber nein, den kriegst schon du.» Ich grinste auch und folgte ihm in den zweiten Stock zu seiner Wohnung.

Oben wollte ich ihn an mich ziehen und küssen, aber er schob mich weg und führte mich in einen Raum, in dem ein breites Futonbett und ein hoher Holzstuhl, fast ein Thron, standen. In der Mitte des Zimmers gab es einen niedrigen runden Tisch mit Spiegeloberfläche. In einer gefliesten Ecke hing ein Waschbecken, und daneben stand eine Kommode, auf der Kosmetika, Feilen und Nagellackfläschchen standen. Über die ganze Seite einer anderen Wand war ein Regal angebracht, in dem Josua Hunderte von Pumps aufbewahrte. Ich staunte. Alle hatten die gleichen hohen Stilettoabsätze, manche wurden mit Riemchen befestigt, andere bestanden völlig aus Gummi oder aus seltenen Materialien wie Samt oder Metallfolie. Sogar ein paar Schuhe aus Plexiglas waren dabei, Schneewittchenschuhe, in deren breiten Absätzen kleine Plastikfischchen schwammen. «Das sind Schuhe», flüsterte er ehrfurchtsvoll, «alles andere sind Latschen. Überhaupt: Lauf bloß nie in Badeschlappen oder Filzpuschen rum, auch nicht zu Hause, durch diesen abartigen Anblick ist schon so mancher impotent geworden.» Er grinste.

Josua nahm meine Hand und ging mit mir zu dem Thron, auf den ich mich setzen sollte. Er zog sich vor mir aus – sachlich, nicht aufreizend. Es haben schon Männer für mich gestrippt, aber noch nie hat sich jemand sofort und so nebenbei komplett ausgezogen. Auf einem kleinen Tablett stellte er verschiedene Tuben und Tiegel, Lacke und Schwämmchen zusammen, dazu kam eine größere und eine kleinere silberne Schale mit Wasser, außerdem Parfüm und weiche, kostbar aussehende Tücher. Ich wusste zwar nicht, was auf mich zukam, wollte aber so viel wie möglich davon haben und streckte ihm herrisch meinen Fuß entgegen. Josua schlug sofort die Augen nieder und kniete sich vor mir hin. Er zog den Pumps vom Fuß, schnitt mit einer kleinen Schere vorsichtig die Pflaster von den Zehen und stellte meine Füße in die größere Schale, in der lauwarmes Wasser war. Ich stöhnte leise, denn in das Wasser hatte Josua Salz gerührt, und es brannte auf den wunden Stellen. «Das geht vorbei», flüsterte Josua und hob sie dann einzeln in die kleinere Schale, die mit klarem, kaltem Wasser gefüllt war. Er angelte einen Eiswürfel heraus und strich damit über den Spann und unter der Fußsohle entlang. «Manchmal», sagte er, «verkaufe ich einer schönen Kundin ein paar Schuhe, in denen sie garantiert Blasen bekommt, und dann träume ich den ganzen Tag davon, wie sie zerschunden und wund zu mir zurückgehumpelt kommt und ich sie so lange verwöhne, bis sie wieder wunderbare zarte, unversehrte Füße hat.» Er sah mich von unten an, und ich zog das Knie leicht zum Körper und streckte ihm die Zehen entgegen. Er begann, am größten zu lutschen, schabte mit seinen Zähnen leicht über die Haut, drückte sein Gesicht gegen den feuchten Ballen und leckte mich schließlich zwischen den Zehen. Ich zuckte kein einziges Mal zusammen. Ich hatte mich vor dem Kitzelreiz gefürchtet, aber jetzt war mir überhaupt nicht zum Lachen zumute, und ich lehnte mich auf dem harten Holzstuhl zurück und genoss die Bewunderung, mit der Josua Dinge sagte wie: «Du hast perfekte Fußsohlen, wie aus Wachs gegossen», und seinen entrückten Gesichtsausdruck, wenn er sie leckte. Er nahm eines der weichen Tücher und trocknete mich ab. Dann verrieb er einen dicken Klecks Creme in seinen Händen mit einigen Spritzern Parfüm und massierte mir damit die Knöchel und die Sohle, achtete aber darauf, dass er nicht an die Nägel kam, die er anschließend dunkelrot lackierte. Um eine Fessel legte er mir ein dünnes, glitzerndes Kettchen, und auf den Knöchel der anderen malte er mit einem kaum spürbaren Pinsel ein braunes Muster mit einer Schablone. Schließlich sah er mich begeistert an und schwärmte, ich hätte Prinzessinnenfüße, Königinnenfüße.

Als er damit fertig war, ahnte ich, dass ich nun etwas tun müsste, und ich flüsterte leicht herrisch: «Aber du willst sie doch nicht nur pflegen, oder? Willst du nicht noch etwas ganz anderes?» Dabei hatte ich keine Ahnung, was das wohl sein sollte. Er nickte, holte ein Paar dunkelblauer Samtpumps aus dem Regal, hielt sie an mein Bein, entschied sich dann doch für durchsichtige aus Plastik, und zog sie mir an. Er half mir aufstehen und auf den niedrigen Tisch klettern. Ich sah an mir herunter auf die Spiegelfläche, die mich plötzlich erregte. «Ich möchte den Slip ausziehen und den Rock», sagte ich, und er nickte beiläufig, sah aber weiterhin nichts als die Schuhe an, unter deren synthetischem Material sich ein hauchdünner Schweißfilm zu bilden begann. Josua schaltete eine Lampe an und richtete sie auf meine Beine. Als er kurz aufstand, sah ich, dass seine Erektion jetzt ziemlich hart war, und fragte mich, ob wir überhaupt miteinander schlafen würden. Er fing wieder an, den Spann zu lecken und sich am Knöchel festzusaugen, und da er beide Hände unter dem Tisch bewegte, nahm ich an, dass er sich dabei einen runterholte. «Was willst du von mir?», flüsterte ich. Seit wir in der Wohnung waren, hatten wir keinen einzigen Satz in normaler Lautstärke gesagt, alles wurde gehaucht und geraunt, als begingen wir zusammen eine heilige Handlung. Und das war es für ihn wohl auch.

«Steig über mich», flüsterte er zurück und legte sich auf das große Bett. Ich kletterte auf die Matratze, stand schwankend über ihm, und er griff nach einem Fuß und setzte ihn sich auf die Brust. Er versuchte den Kopf so zu halten, dass er den Schuh auf seiner Brust sah, und das war anstrengend für ihn, denn ich beobachtete, wie bald die Muskelstränge am Hals hervortraten. «Höher», flüsterte er, und ich setzte die Sohle auf seinem Hals auf, ganz leicht, sodass ich den Absatz auf seinem

Adamsapfel balancierte. Es war nicht einfach, das Gleichgewicht zu halten, und manchmal hatte ich mehr Gewicht auf dem Absatz, als gut war, und dann stöhnte er leise. Als er schließlich abspritzte, sah ich ihn genau an, wie er den Fuß und das blinkende Kettchen daran fixierte, die Begeisterung in seinen feuchten Augen, die Unterwerfung, die totale Ergebenheit für den Körperteil, den er so bewunderte. Eine solche Hingabe hatte ich noch nie erlebt. Ich kannte Männer, die bei ihrem Orgasmus großartig stöhnten, grunzten oder «fick mich, lass dich ficken» riefen, aber so eine stille Hingabe – das war neu. Und es berührte mich in einer Weise, die mit Sex nichts zu tun hatte.

Wir saßen uns auf dem Bett gegenüber und rauchten. Er vermied meinen Blick. Meine Füße in den Plastikschuhen schwitzten. Nach kurzer Zeit regte sich sein Schwanz wieder, und der Gedanke kam mir, dass diese Session für ihn auch nicht alltäglich war, wahrscheinlich klaubte er nicht allzu oft Frauen von dem Pflaster seines Geschäftes auf, um sie dann mit in sein Reich zu nehmen. Er spreizte die Beine und lehnte sich zurück. Er befahl nicht, erklärte nichts, wartete nur ab, und nachdem ich kurz überlegt hatte, ob ich ihn betteln lassen wollte, entschied ich mich dagegen, schnallte mir die Schuhe ab und tastete mit den feuchten Füßen vor zwischen seine Beine. Er stöhnte lauter und bog sich zurück. Ich legte meine Sohlen um seinen Schwanz und versuchte, ihn so zu reiben. Das war ungewohnt und anstrengend für mich, aber Josua machte es mir leicht und kam so schnell und heftig, dass es mich erstaunte. Später in der Nacht brachte er mir bei, seine Füße ähnlich wie auf einem chinesischen Druck, den er mir zeigte, zu bandagieren, bis er vor Schmerz aufstöhnte, und ihm dabei einen runterzuholen.

Ich hatte immer noch meine Bluse an, und als ich mir, während sein Kopf auf meinen Waden ausruhte und seine Finger ganz sachte mit meinen Zehen spielten, mit einem Finger an die Möse tippte, fühlte ich, dass ich feucht war. Ich nahm Josuas Hand und führte sie zu meinen nassen Schamlippen. Er ließ es zu, fingerte aber nicht weiter, sondern nahm die Hand bald wieder zurück. Ich fand, dass ich ein Recht auf ein paar Sternschnuppen hatte, und dachte mir etwas aus. Ich rutschte ein Stück auf der Matratze weg und lehnte mich gegen den hölzernen Thron. Josua lag zusammengekauert am Fußende. Ich umfasste sein Gesicht mit den Füßen und zog ihn zu mir heran. Er robbte näher. Und während ich mit den Zehen in seinem Gesicht spielte, bog ich die Knie weit nach außen, sodass er mir direkt in die Grotte sah. «Sieh mich an», befahl ich, und Josua gehorchte. Normalerweise bin ich eine, die den Männern den Rücken zudreht, wenn sie sich die Bluse auszieht, obwohl ich gut aussehe, ich zeige mich eigentlich nicht gerne. Aber jetzt wollte ich es, ich drückte das Becken in die Matratze und zog meine Schamlippen auseinander, rieb durch den feuchten Spalt und zeigte Josua, während er mir den Zeh lutschte, meinen prallen Kitzler. Ich steckte mir einen Finger hinein, ließ ihn wieder rausgleiten, knetete mit den Kuppen die Mösenlippen und zupfte an den Härchen, und als ich kam, stellte ich mir vor, wie im letzten Augenblick Josuas Zunge hervorschnellen und mir den Kitzler lecken würde, fest und schnell, und dabei sah ich ihm direkt in die Augen.

Kurz danach verließ ich seine Wohnung. Ein zweites Mal habe ich ihn nicht getroffen, und ich vermute fast, dass er sich weder an meinen Namen noch an mein Gesicht erinnern kann. Ich habe in dieser Nacht festgestellt, dass ich seine Leidenschaft nicht so teilen kann, wie er sich das vielleicht gewünscht hatte. Manchmal, wenn ich zu Hause nach dem Duschen meine Nägel lackiere, Blasen verarzte oder mich eincreme, muss ich an seine Hingabe denken und an seine Begeisterung, die er mir nur gezeigt, aber nicht erklärt hat. Und ich weiß nicht, wie es kommt, aber wenn ich mich dann an ihn erinnere, gehe ich irgendwie anders: Ich schreite.

Tagelied

Das Haus war groß und dunkel. Tannen standen im Vorgarten und der Kiesweg vom Gartentor zum Eingang war nicht beleuchtet. «Vorsicht, Iris, meine Liebe», sagte Gereon und reichte mir die Hand. Ich ging schrittweise tastend neben ihm her. In dem einstöckigen Haus, eigentlich eher eine Villa, brannte nur in einem einzigen Zimmer Licht, oben auf der ersten Etage. Ich kannte das Haus flüchtig, hatte es aber noch nie betreten. Jeden Morgen auf dem Weg zum Bus ging ich hier vorbei, wenn ich zur Arbeit nach Hannover fuhr. Eigentlich war es merkwürdig, dass ich nie auf den altmodischen, etwas verfallenen Bau geachtet hatte. Peine, der Ort, in dem ich seit einem Jahr wohnte, war an sich eine reine Pendlerstadt, in der Romantik genauso fehl am Platze war wie ich. Als ich herzog, hatte ich eine ganze Weile versucht, neue Bekannte zu finden, mit denen ich etwas unternehmen könnte. Nur leider gab es wenig zu unternehmen in Peine, und ich hatte auch niemanden gefunden, der sich für das interessierte, was ich spannend fand: Theater, Literatur, klassische Musik. Niemand, bis ich Gereon traf.

Er hielt einen Vortrag in der Bücherei, bei dem er sein neues Buch vorstellte. Es ging um mittelalterliche Dichtung. Vom Mittelalter hatte ich nun leider nicht viel mehr Ahnung, als dass da irgendwelche fahrenden Sänger adlige verheiratete Damen singend zu Seitensprüngen verführen wollten, aber ich dachte mir «besser als nichts» und ging hin. Gereon beeindruckte mich schon, bevor er ein einziges Wort gesagt hatte. Er war eher klein, sehr zierlich und trug eine Frisur wie Herbert Grönemeyer früher, also kinnlang mit Seitenscheitel. Früher, als ich noch im Außendienst in Barcelona gearbeitet hatte, fand ich den typischen Intellektuellenaufzug, schwarzer Rollkragenpulli und Tweedjackett, eher nervend, aber hier in Peine, in das ich versetzt worden war, um für die Zentrale zu arbeiten, hatte ich so etwas schon lange nicht mehr gesehen und freute mich. Gereon bewegte sich wie ein großer, geschmeidiger Kater. Er schien immer alles mit seinem ganzen Körper zu tun, so als wüsste er genau, was seine großen Zehen und seine Ohrläppchen machten, wenn er eine Folie auflegte. Und es machte den Eindruck, als fühle er sich in seinem Körper ausgesprochen wohl. So was weiß ich zu schätzen. Es gibt nichts Schlimmeres als Männer mit Komplexen, die sie dann mit Grobheit oder Verwahrlosung kaschieren. Gereon gefiel mir sehr, das muss ich sagen. Und als er mich das erste Mal ansah, direkt als ich hereinkam und mich aus meinem Mantel schälte, flatterten seine langen Mädchenwimpern, sodass ich am liebsten gleich zu ihm gegangen wäre, um ihn auf einen Kaffee einzuladen, vielleicht wäre ihm das auch recht gewesen, aber erst mussten wir uns noch zwei Stunden lang gedulden.

Der Vortrag war nicht gerade spektakulär, im Grunde kam unterm Strich dabei heraus, dass im Mittelalter fahrende Sänger verheiratete adlige Fräuleins zum Seitensprung bereit singen wollten, aber Gereon trug ihn frei mit einer dunklen, schwebenden Stimme vor, und ich lehnte mich zurück, genoss es einfach, mich einmal mit anderen Dingen zu beschäftigen als Bierwetttrinken in Holzkneipen, in denen die Daddelautomaten an der Wand gegen die dröhnende deutsche Volksmusik anpiepen. Manchmal nahm Gereon seine Lesebrille ab, legte die gepflegten schmalen Hände zusammen und sprach von seinen persönlichen Motiven, sich mit diesem oder jenem Aspekt näher zu beschäftigen. «Diese kultivierte Leidenschaft», sagte er zum Beispiel, und immer, wenn er dieses Wort sagte, sah er mir direkt in die Augen, «ist in unserer heutigen Zeit völlig verloren gegangen. Werbung, Hingabe, Verehrung sind völlig fremde Begriffe.» Ich seufzte.

Er sprach mir aus dem Herzen. Zu sagen, dass man die Liebe sucht, die ganz große, die einzige, ist besonders lächerlich, wenn man in Peine wohnt. Das ist keine Stadt für Abenteuer und verzehrende Leidenschaft, das ist einfach ein Ort, in den man abends zurückkommt, um zu essen und zu schlafen. Allein, versteht sich. Denn bisher hatte ich hier nicht einmal einen Mann fürs Bett gefunden. Und schon gar keinen, der es zu schätzen gewusst hätte, wenn ich nachts für ihn Rezsö Seress auf dem Klavier spiele, weil Seress die erotischste Musik geschrieben hat, die ich mir vorstellen kann, oder Saties Koffermusik, weil man damit so herrlich traurig wird und einem lauter Geschichten einfallen, die man sich dann gegenseitig erzählen kann. Und jetzt war plötzlich Gereon in mein Leben getreten.

Ich wusste sehr wenig von ihm. Die ältliche Dame, die ihn im Gemeindezentrum vorgestellt hatte, hatte nur erzählt, dass er Mediävistikprofessor an der Hochschule in Hannover war. Das Thema des Abends war die «Verführung durch *liet* und *lîp*», und davon verstand Gereon wirklich etwas. Wenn er die Übersetzungen der mittelalterlichen Minnedichtung auswendig vortrug, sah er mich an, immer nur mich, und dabei senkte er seine Stimme und sprach so leise, als wären wir beide allein im Raum.

Ich hatte damit gerechnet, dass er mich attraktiv fand, ich

sehe ziemlich mittelalterlich aus, wenn man das so sagen kann, meine Haare sind lang, gelockt und blond und meine Haut ist weiß wie Milch. Außerdem bewege ich mich wie ein Burgfräulein, eine alte Tante hatte früher, als ich noch zur Schule ging, mal meiner Mutter geraten, mich zurechtzustutzen, ich bewege mich so «huldvoll», und ihrer Meinung nach sollten Frauen bescheiden und demütig sein.

Ich erschrak trotzdem, als Gereon mich nach dem Vortrag an der Garderobe ansprach und fragte, wie mir der Abend gefallen habe. Ich lächelte ihn herzlich an, versuchte mir eine besonders gebildete und kultivierte Antwort einfallen zu lassen, bekam aber keinen Ton heraus und strahlte einfach weiter. Gereon lächelte zurück und flüsterte: «Alle Sänger wären zu Ihrer Burg gekommen und hätten Lieder geschrieben, um dem ganzen Land von Ihrer Schönheit zu berichten.» Normalerweise bin ich ja eher ein sachlicher Mensch, aber ich war so ausgehungert nach Aufmerksamkeit und Abenteuer, dass ich noch breiter lächelte und nur nickte, als er mich fragte, ob ich nicht den Abend bei ihm verbringen wollte. Ich brauchte ihn nicht näher dafür zu kennen, was uns verband, war offensichtlich: die Langweile, in dieser Stadt wohnen zu müssen.

Normalerweise sind spontane Entscheidungen nicht gerade mein Ding, aber jetzt stand ich mit diesem fremden Mann vor seiner Haustür, die Grönemeyerfrisur fiel ihm über den Mantelkragen, und ich bereute es kein bisschen. «Sie haben auch noch eine Wohnung in Hannover?», sagte ich, um etwas zu sagen, als er im dunklen Eingang nach dem Schlüsselloch tastete. «Nein, ich komme jeden Abend her, aber ich lebe sehr zurückgezogen, deshalb sind wir uns wahrscheinlich noch nicht begegnet.» Dann sah er mir tief in die Augen und küsste mich. Nicht roh und ungeduldig, wie die nach Rauch und Schweiß schmeckenden Männer, die ich manchmal in einer kleinen Kneipe mit Tanzfläche küsste, sondern ganz vorsichtig, so wie man eine kostbare zerbrechliche Statue in die Hand nimmt, um sie näher zu betrachten.

Die Haustür sprang auf, und Gereon schaltete das Licht ein. Innen führte eine breite Holztreppe ins erste Stockwerk, an den Wänden hingen Gemälde, und auf den Kommoden und Regalen an der Wand standen silberne Kerzenleuchter und Fotos. Gerade als ich bemerken wollte, wie geschmackvoll alles eingerichtet war, hörte ich eine weibliche Stimme von oben, die «Da bist du ja endlich» rief, und gleich darauf Schritte auf der Treppe. Eine Frau, die ungefähr das gleiche Alter wie Gereon hatte, also vielleicht zehn Jahre älter als ich, kam herunter. Als sie mich sah, entgleiste einen Moment lang ihr breites Lächeln, dann wurde es wieder sehr herzlich, als sie «Besuch, wie schön» sagte und mir die Hand reichte. «Das ist Mone. Mone: Iris», stellte Gereon uns vor, und wir schüttelten uns die Hand. Die Frau sah aus wie direkt aus einem Gemälde gestiegen, dichtes kupferrotes Haar, ein flächiges Gesicht mit hohen Wangenknochen und übergroßen, langbewimperten Augen. Ich bin keine Malerin, ich fotografiere nicht einmal gerne, aber anstatt zu überlegen, ob ich eine Frau schön finde, überlege ich immer, ob ich sie malen würde, und meistens sind mir die Gesichter zu leer. Mones nicht. Ihr Gesicht erzählte ganze Romane, und unter anderen Umständen wäre ich neugierig gewesen, sie erzählt zu bekommen, aber im Augenblick war ich nur verwirrt und fragte mich, wieso Gereon mich überhaupt mitgenommen hatte, wenn er verheiratet war, und ob ich vielleicht etwas falsch verstanden hatte. Aber Gereon legte mir zärtlich die Hand um die Taille und sagte: «Gehen wir nach oben» und zu Mone: «Du entschuldigst uns?» Mone nickte.

«Wieso tust du deiner Frau das an?», fragte ich, als wir sein Schlafzimmer betraten, die Lust auf seinen katzenhaft geschmeidigen Körper war mir fast vergangen. Er runzelte die Stirn.

«Manche Beziehungen sind schwierig zu erklären. Aber das hat schon alles seine Ordnung. Mach dir keine Gedanken.»

«Dann ist sie damit einverstanden?»

Er nickte. «Ich würde auch nichts sagen, wenn sie einen Mann mit nach Hause bringen würde.»

Ich fand das zwar befremdlich, beschloss aber, mich nicht weiter darum zu kümmern. Wenn ich einmal ganz ehrlich bin, war es mir sogar ganz recht, es gab der ganzen Situation etwas Unwirkliches, Dramatisches, und nach dem einsamen, trockenen und überaus profanen Leben der letzten Zeit war Dramatik genau das Richtige für mich.

Gereons Zimmer lag zum Garten hinter dem Haus. Die Wände waren mit einem bordeauxroten Seidenstoff bezogen, auf dessen mattem Untergrund kleine stilisierte Schwertlilien in der gleichen Farbe glänzten. Möbel aus schwerem Eichenholz standen an den Wänden aufgereiht. Das Fenster war gekippt, und die hereinströmende Nachtluft bewegte die Vorhänge. Über dem riesigen geschnitzten Himmelbett spannte sich locker ein Baldachin, der aber nicht von den vier Bettpfosten gehalten wurde, sondern mit Schnüren an der Decke befestigt war und so frei über dem Bett schwebte. Gereon schloss das Fenster und sah mich an.

«Wie schön du bist», sagte er, «wie ein Minnelied mit zwölf Strophen.» Er zündete zwei Kandelaber mit Kerzen an, die Flammen flackerten, von irgendwoher kam noch immer ein Luftzug. Gereon zog mich in Richtung des Bettes.

Ich setzte mich. Er kniete sich vor mich und umfasste mit

seinen Armen meine Hüften. Einen Moment lang legte er seinen Kopf in meinen Schoß, und ich überlegte, ob er traurig war, und strich ihm über das dunkle Haar, in dem man schon die ersten silbernen Strähnen sah. Es war ganz weich wie bei einem Kind. Gereon hob den Kopf und sah mich an, minutenlang. Ich beugte mich hinunter und küsste ihn. Eben im Vorgarten hatte ich das Gefühl gehabt, einen sehr erfahrenen Mann zu küssen, der genau wusste, was Frauen gefällt, und der sich daran freut, wie es ihnen gefällt. Diesmal war es ein sehr unschuldiger Kuss, und als ich mich ganz vorsichtig mit meiner Zunge weiter vor zwischen seine Lippen tastete, öffnete er sie nur zögernd, gab sich dann aber hin. Es war herrlich, ein Kuss zum Verschmelzen, wir bewegten Lippen und Zunge so langsam, als wäre es das Letzte, das wir miteinander tun wollten. Ich streichelte seinen Nacken mit den Fingerkuppen, und seine Handinnenflächen berührten meine Oberschenkel kaum, als sie darüber strichen. Er umfasste mich enger und zog den Reißverschluss meines Etuikleides hinunter. Der Stoff fiel mir über die Schultern, und Gereon sah mich bewundernd an, zog dann mit seiner Nasenspitze meine Halslinie nach, küsste meinen Hals und mein Kinn, dann wieder meinen Mund und löste dabei den Verschluss des BHs. Er stand auf und trat einen Schritt zurück. Ich wollte mich ausziehen, aber er gab mir mit einer Geste zu verstehen, dass ich bleiben sollte, wie ich war. Langsam begann er, sich auszuziehen. Ich stützte die Hände hinter mir auf der Bettdecke auf und sah ihm zu. Ein Kleidungsstück nach dem anderen fiel zu Boden. Fast kam es mir vor, als warte er bei jedem auf meine Einwilligung. Ich hatte mich nicht getäuscht, er hatte einen schönen Körper. Er war nicht viel größer als ich, sehr zierlich für einen Mann, gut proportioniert, mit einem knackigen Po und einem kaum sichtbaren Adamsapfel an einem schmalen Hals. An dem scharf abgegrenzten Schamhaar erkannte ich, dass er sich rasierte, nicht nur den flachen Bauch, sondern auch die Beine und die Achseln, das gefiel mir. Auf der rechten Seite, nur ein Stück unter dem Rippenbogen, hatte er eine fleischige Narbe in der Taille. Von vorne war sie nicht zu sehen, aber sobald er sich etwas zur Seite drehte, glänzte sie rötlich. Sie war nur kurz, aber die Wunde war offensichtlich tief gewesen und nicht genäht worden. Er streckte mir die Arme entgegen, zog mich an sich, ich atmete seinen Duft ein, eine Mischung aus Puder und ganz frisch gemähtem Gras. Ich wollte die Narbe berühren, aber er drängte meine Hand unmissverständlich weg, und ich sah an seinem Blick, dass ich es nicht noch einmal versuchen sollte. Gereon schob mir das Kleid über die Hüften, zog mir den BH aus, dann die Strümpfe und den Slip, alles sehr vorsichtig, als hielte er eine mittelalterliche Handschrift in den Händen, die durch die kleinste Unachtsamkeit zu Staub zerfallen konnte. Die Matratze war härter, als ich gedacht hatte, und sie federte nur wenig. Gereon lag ganz nah an mich geschmiegt und küsste meine Schläfen und meinen Hals. Eine weiche, zierliche Hand tastete sich weiter abwärts, nahm eine Brustwarze zwischen die Fingerkuppen, zwirbelte sie sanft, und strich über die Wölbung der Brust, immer von außen nach innen, dann fiel die Brust wieder etwas nach außen und er strich sie wieder zu sich. Ich fühlte mich schön und weich und fast schläfrig vor Entspannung. Die Hand lief auf fünf Fingerkuppen über meinen Bauch zu den Oberschenkeln, ließ sich dann auf meinem Schamhügel nieder. Ich öffnete die Beine etwas und ein Finger schlüpfte tiefer, strich zart über meinen Kitzler, ging dann tiefer bis zum Poloch, kam wieder höher bis ganz oben, wo das Schamhaar anfing, und glitt wieder tiefer. Als ich feucht wurde, drehte sich

Gereon auf den Rücken und zog mich über sich. Ich kniete mich und stützte mich auf beiden Seiten seines Kopfes ab. Meine Haare fielen lang herunter wie ein Vorhang. Er strich sie nicht weg, sondern sah mich nur verzückt an. Ich senkte mein Becken und berührte mit der Möse seinen halb steifen Schwanz, kreiste, hob den Unterleib wieder ab und streichelte ihn wieder mit den Mösenlippen. Sein Schwanz wurde schnell härter, er stöhnte leise und umfasste meinen Busen wie Körbchen, drückte ihn vorsichtig, manchmal hob er den Kopf an und vergrub sein Gesicht zwischen meinen Brüsten oder er saugte an den Nippeln. Dann setzte er sich halb auf, langte neben sich und öffnete mit einem leisen Ploppen eine herzförmige Metalldose, nahm ein Kondom heraus und gab es mir, ich streifte es über seinen steifen Schwanz und senkte mich dann auf ihn herab. Als er ein Stückchen in mich eingedrungen war, wartete ich, um alles ganz genau zu spüren, und setzte mich dann ganz auf ihn. Er lächelte mich mit flatternden Lidern an, hauchte «du bist so schön, weißt du das, du bist so schön», küsste mich wieder und knetete meine Brüste. Ich wölbte mich ihm entgegen, bog mich zurück und stützte meine Hände auf seinen Schienbeinen auf. Ich bewegte mich nur ganz wenig, er schob zwei Finger zwischen meine Mösenlippen und begann, meinen Kitzler zu reiben. Ich verlagerte mein Gewicht wieder etwas nach vorne und ritt ihn, erst ganz langsam, dann aber schneller und härter, und er stieß halb liegend dagegen. Mein Busen schaukelte, und wenn wir uns ansahen, lächelte er weich und wie verschleiert. Er kam zuerst, lang gezogen stöhnend, und die Spannung erfasste seinen ganzen Körper, dehnte und streckte ihn bis in die Zehen. Einen Moment lang hörte er auf, meinen Kitzler zu pressen, und ich sah fasziniert zu, wie ihn seine Erregung völlig vereinnahmte. Dann spürte ich wieder seine Finger zwischen meinen Beinen, die meine Möse rieben und antippten, und ich spürte, wie ich kam und sich meine Möse um seinen Schwanz, der noch in mir steckte, zuckte. Ich streckte mich auf Gereon, der mich genau beobachtet hatte, aus und rutschte neben ihn. Er hielt mich im Arm, wir waren beide etwas verschwitzt, und ich hatte das Gefühl, endlich die Belohnung zu bekommen für die Durststrecke, die hinter mir lag. Den Kopf auf seine Brust gelegt, schlief ich ein.

Als ich wach wurde, war es noch dunkel. Die ersten Vögel sangen draußen. Ich fror und tastete schläfrig zu Gereon hinüber. Er lag nicht neben mir. Da hörte ich verschwommen eine weibliche Stimme, die in einem klagend singenden und gleichzeitig zärtlichen Tonfall weihevoll sagte: «Schläfst du noch, mein schöner Geliebter? Man weckt uns leider bald. Ein hübscher kleiner Vogel hat sich bereits auf den Zweig der Linde gesetzt.» Ich musste mich anstrengen, um sie genau zu verstehen, die Stimme war zwar nicht weit entfernt, aber wie gefiltert. Ganz langsam drehte ich den Kopf und gab mir Mühe, möglichst kein Geräusch zu machen. Dann öffnete ich vorsichtig ein Auge und blinzelte in die Richtung, aus der die Stimme kam. Die Kerzen waren heruntergebrannt, aber durch einen Teil der Wand fiel ein schmaler Streifen Licht, und bald erkannte ich, dass Gereon auf dem Fußboden kauerte, das Gesicht gegen die Wand gelegt, die, wie ich vermutete, wohl eine in die Tapete eingelassene Tür war. Gereon antwortete mit leiser Stimme, direkt in die Wand raunend: «Ich war sanft eingeschlafen, nun rufst du, Kind, ‹auf, auf!› Liebe ohne Leid kann es nicht geben. Was immer du befiehlst, das tue ich, meine Freundin.» Und als ihm die weibliche Stimme von der anderen Seite der Tür antwortete, erkannte ich sie, es war Mone. «Die Dame begann zu weinen», rezitierte sie, «‹du reitest fort und lässt mich allein zurück. Wann wirst du wieder zu mir kommen? Ach, du nimmst mein Glück mit dir fort.›» Dann war es wieder ruhig. Gereon saß zusammengekrümmt auf dem Fußboden und bewegte sich nicht. Er musste schon längst eiskalte Füße haben, aber er kam nicht ins Bett zurück, und irgendwann schlief ich wieder ein.

Gereon weckte mich spät mit einem zärtlichen Kuss auf den Mund, spielte mit meinen Haaren und sagte mir, wie schön ich morgens aussehe und wie bewegend er die letzte Nacht gefunden habe. «Ich kann mich gar nicht daran erinnern, wann ich das letzte Mal so gelöst und leidenschaftlich mit einer Frau zusammen war. Ich danke dir», sagte er fast andächtig und küsste meine Hand. Sein Blick war dabei so überwältigt und feierlich, dass ich nicht wagte, ihn auf seine nächtliche Begegnung mit Mone anzusprechen. Er versprach, sich um das beste Frühstück seit König Artus' Tafelrunde zu kümmern, und zeigte mir die Dusche, die gleich neben seinem Schlafzimmer lag. Als ich zurückkam, um meine Haarspange zu suchen, fand ich auf dem Fensterbrett ein kleines in Leder eingebundenes Bändchen, das vorher nicht dagelegen hatte.

Ich nahm es in die Hand und las den Titel. «Tagelieder» stand darauf, aber den Begriff hatte ich noch nie gehört. Ich versuchte mich an das zu erinnern, was ich letzte Nacht gehört hatte, und blätterte das Bändchen durch. Und tatsächlich fand ich einen Autor, der Dietmar von Aist hieß und das Gedicht verfasst hatte «Schläfst du noch, mein schöner Geliebter?», Wort für Wort. Ich überlegte, ob ich mich ärgern sollte, weil es zwischen Gereon und Mone offensichtlich doch eine tiefere Beziehung gab, als er zugeben wollte, aber andererseits war er am Morgen so aufmerksam zu mir gewesen. Ich war zu verwirrt, um mir darüber klar zu werden, was ich fühlte, dass ich das Buch wieder auf das Fensterbrett legte und die Treppe hinunter in die Küche ging, aus der es nach Eiern und Schinken duftete.

Im Hellen sah das Treppenhaus wirklich beeindruckend aus. An den Wänden hingen Gemälde, deren Oberfläche, wie ich jetzt erkennen konnte, eine Struktur hatten, also keine Drucke waren. Im Flur standen deckenhohe Regale mit Büchern, alte, schwer gebundene Folianten genauso wie moderne Taschenbücher. Im ganzen Haus hörte man leise Musik. Ich brauchte eine Weile, bis ich sie einordnen konnte, dann erkannte ich Kinderlieder, hohe Stimmen mit einfachen Melodien, ein wenig schrill in den hohen Passagen und von einem dichten Knistern überzogen, als wäre es eine alte Schallplatte, die da lief.

In der Küche deckte Gereon gerade den Tisch, während Mone am Herd stand und Brot aus dem Backofen zog. Ich lehnte im Türrahmen, bis mich einer von beiden bemerkte. Mone begrüßte mich zurückhaltend, aber sehr freundlich.

Erst bei näherem Hinsehen, sah ich, dass sie rot geweinte Augen hatte. Gereon küsste mich und stellte einen vierten Teller auf den Tisch. Ich wollte nicht einfach so herumstehen und sah mir das Bücherregal an, das mir am nächsten stand. Mir war nicht bewusst, dass ich etwas suchte, aber als ich es dann gefunden hatte, war mir klar, dass ich die Buchrücken systematisch gelesen hatte. Ich nahm ein schweres, offensichtlich oft benutztes Buch aus dem Regal und las laut den Titel vor: «Tagelieder. Herkunft, Motive, Faksimile.» «Was sind denn Tagelieder?», fragte ich so beiläufig wie möglich. Ich bemerkte einen schnellen Blick zwischen Gereon und Mone, aber ich klang so harmlos und stand so unbeteiligt am Regal, dass sie wohl glaubten, meine Frage sei zufällig. «Das ist eine mittelalterliche

Dichtung, die sich mit dem Abschied zweier Liebenden beschäftigt», erklärte Gereon. «Oft gibt es irgendeinen Wächter oder eine Vertraute, die beide warnt, oder sie werden durch das Licht oder singende Vögel geweckt, und dann muss er sich sputen, damit ihn niemand bei der holden Dame findet.» Er lächelte mich an, und ich lächelte zurück und versuchte, nicht völlig ratlos auszusehen. Vielleicht, überlegte ich, waren diese Lieder einfach ein Hobby der beiden und die Beschäftigung mit dem Mittelalter hatte sie etwas wunderlich gemacht.

«Interessieren Sie sich auch für Mediävistik?», fragte ich Mone. Gereon antwortete an ihrer Stelle. «Nein sie malt. Hast du ihre Bilder im Treppenhaus gesehen? Sie ist brillant.» «Wirklich beeindruckend», lobte ich und setzte mich an den Tisch. Gereon trug die Pfanne mit den Rühreiern auf und Mone stellte das frische Brot und Käse auf den Tisch. Dann nahm sie ein kleines Ölgemälde von der Wand, das einen älteren Herrn mit Glatze und herrischem Mund zeigte. Mone küsste das Bild, was Gereon anscheinend überhaupt nicht wunderte, und ich beschloss, es einfach zu ignorieren und meine Erlebnisse in dem Haus als willkommene Abwechslung in meinem öden Peiner Leben zu sehen. «Ein bisschen Mystik», dachte ich mir, «hat noch niemandem geschadet, dann habe ich am Montag im Büro wenigstens etwas, woran ich denken kann.»

Während des Essens gaben sich beide Mühe, so nett wie möglich zu sein, Mone erkundigte sich nach meinem Beruf, meinen Hobbys, ich erzählte von Barcelona und von der kleinen Firma, für die ich Telefonanlagen verkaufte, und dass ich eigentlich lieber etwas im kulturellen Bereich gemacht hätte. Gereon nannte mich «Liebste» und «Schöne» und Mone senkte dann den Blick und sah mich nicht an. Aber wenn sie ihm etwas reichte und sich ihre Hände kurz berührten, konnte ich fühlen, dass zwischen den beiden sehr viel mehr war als nur eine eheliche Zweckgemeinschaft, was genau allerdings, konnte ich nicht sagen. Es schwang etwas Tragisches mit, aber gleichzeitig plauderten beide so nett und interessiert mit mir, dass ich keinen Mut hatte, sie darauf anzusprechen. Außerdem fand ich, dass es mich nichts anging, obwohl ich langsam wirklich neugierig wurde. Während der ganzen Zeit liefen diese Kinderlieder im Hintergrund, manchmal hörte man eine Gitarrenbegleitung, manchmal eine Klavierstimme, aber meistens sangen die hohen Kinderstimmen von munteren Hasen und tiefen Wäldern. Als wir alle satt waren, ergriff ich die Gelegenheit und bot an, beim Abwasch zu helfen, um mit Mone alleine zu sprechen. Gereon wollte ein Telefonat führen und ging hinauf ins obere Stockwerk. Vorher nahm er mir aber noch das Versprechen ab, ihn nicht lange warten zu lassen, küsste das kleine Ölgemälde und hängte es zurück an die Wand.

Mone und ich standen in der Küche, sie mit einer Spülbürste, ich mit einem Handtuch, und schwiegen uns an. Schließlich sagte sie: «Ich freue mich, dass Gereon so glücklich ist. Es ist schön, dass er Sie gefunden hat, manchmal ist es doch etwas einsam hier.» Ich zog eine Augenbraue hoch und sah sie fragend an. «Nein wirklich, genießen Sie Ihr Zusammensein, das ist doch nur natürlich.» «Aber lieben Sie ihn denn gar nicht?» Ich konnte es mir einfach nicht vorstellen, wie man neben einem so gebildeten und kultivierten Mann, der ganz nebenbei auch noch ein guter Liebhaber war, einfach herleben konnte. Mone sah mich traurig an, ihr Mund zitterte etwas. Sie legte die Spülbürste beiseite, trocknete sich die Hände ab und sagte: «Ich hätte schon gerne eine Beziehung wie eine richtige Ehe mit Gereon. Aber es geht nicht. Wegen Viktor. Gereon hat mir den Verrat mit Viktor nie verziehen.» Ich versuchte, den Überblick zu behalten, psychologische Verstrickungen finde ich immer schwierig. Ich rate auch nicht besonders gut, deshalb fragte ich einfach: «Viktor?» Mone zeigte auf das Ölgemälde, zog traurig die Schultern hoch und drehte mir den Rücken zu, um weiterzuspülen. «Er war sehr jähzornig», sagte sie nur noch, «gewalttätig sogar, das hätte ich nie von ihm gedacht. Inzwischen ist er tot. Aber Gereon ...» Sie sprach nicht weiter, und ich hatte das Gefühl, ich sei in der Küche nicht mehr angebracht, und ging hinauf in den ersten Stock.

Gereon saß im Bett auf dicke Kissen gestützt und las. Als ich die weiße, schwere Leinenbettwäsche sah und wie gemütlich es sich Gereon gemacht hatte, merkte ich, wie müde ich noch war, und legte mich eingewickelt in eine Decke neben ihn. Er war entspannt und offensichtlich gut gelaunt, kraulte meinen Kopf und wackelte ab und zu mit den Zehen, bevor er mir dann einen Vers vorlas, den er besonders schön fand. «Duhu», sagte ich und dehnte die eine Silbe lang wie ein Kind, dass sich vor dem nächsten Wort drücken will. «Jaha», dehnte er zurück und grinste. «Was ist das mit dir und Mone? Habt ihr denn gar nichts mehr miteinander?» Er wollte offensichtlich nicht darüber reden und sagte nur, sie würden nie miteinander schlafen, wenn ich das meine, früher schon, aber jetzt nicht mehr, und hart sagte er: «Das ist Mones Schuld. Es geht einfach nicht mehr.» Ich vermutete, dass Viktor eine Affäre von Mone gewesen war, vielleicht hatte Gereon die beiden ertappt und konnte ihr den Seitensprung nicht verzeihen. Wieso er dann aber wie Mone das Porträt küsste, war mir völlig unklar. Ich sah mir Gereons Profil an. Er war ein wirklich schöner Mann auf eine durchgeistigte Art. Vielleicht war er es ja auch gewesen, der eine Beziehung mit Viktor gehabt hatte, und Mone hatte ihm den Geliebten ausgespannt. Ich hielt es durchaus für möglich, dass Gereon bisexuell war, meiner Erfahrung nach sind besonders schöngeistige Männer, die dann auch noch auf mich stehen, oft bisexuell, in Spanien war mir das zumindest einige Male passiert. Was ich aber nach wie vor nicht verstand, war die Zärtlichkeit, mit der Mone und Gereon sich ansahen, die Aufmerksamkeit ihrer Gesten, die Vertrautheit. Fast schien es mir, als hätten die beiden nicht freiwillig beschlossen, ihre Ehe fortzusetzen, sondern als hätte irgendetwas von außen sie dazu gezwungen. Ich spürte, wie ich langsam wieder einschlief, Gereons streichelnde Hand auf meinem Kopf war so behutsam und zärtlich, dass ich mich nicht dagegen wehrte und bald träumte.

Er weckte mich erst wieder, als die Sonne schon tief über das Fensterbrett ins Zimmer schien. Gereon lag auf der Seite neben mir, splitternackt, den Kopf in die Hand gestützt und lächelte mich an. «Meine Schöne erwacht», flüsterte er und streichelte meine Wange. Ich räkelte mich. «Ich hab ja den ganzen Tag verschlafen», lachte ich und wollte aufstehen, aber Gereon drückte mich sanft auf das Kissen zurück. «Es ist Schäferstunde», sagte er, «nicht mehr Tag und noch nicht ganz Abend. Genau das Richtige für etwas ganz Besonderes.»

Ich zog die Augenbrauen hoch und sah ihn gespannt an. Er langte hinter sich und nahm aus dem Nachttisch eine kleine Pfeife, ein Päckchen und ein Feuerzeug. «Ich habe da einen Studenten», grinste er, «der dieses Zeug verkauft. Das ist wirklich sehr entspannend. Alleine macht es keinen Spaß, aber zu zweit wird es sehr erhebend.» Ich wurde neugierig. Den letzten Joint hatte ich bei einer Freundin in Barcelona geraucht, die über einer Flamencoschule wohnte, und durch das Gras wurden die stampfenden Schritte der Schülerinnen zu einem alles beherrschenden Geräusch, das meinen ganzen Kopf ausfüllte und sich schließlich mit Farben füllte, die rhythmisch vor meinen Augen zuckten. Allerdings war mir am nächsten Morgen ziemlich übel gewesen, deshalb hatte ich das Experiment nicht wiederholt. Aber jetzt hatte ich Lust dazu. Ich fand es überaus erregend, dass ausgerechnet so ein Mann wie Gereon auf die Idee zu einer Hippie-Session kam.

«Erst ausziehen», verlangte er. Ich wickelte mich aus der Decke und ließ meine Kleider neben dem Bett auf den Boden fallen. «Alles», befahl er, und ich legte meine Haarspange, die schmale silberne Kette und den glänzenden Ring mit dem großen violetten Stein, meinen Kardinalsring, den ich besonders gerne trug, auf den Nachttisch. Dann streckte ich mich neben Gereon aus, legte meinen Kopf halb auf seinen angewinkelten Arm, halb auf seine Brust, und er zündete den Joint an. «Halt mal», er drückte mir die Pfeife in die Hand und zog an einer bordeauxfarbenen Troddel, die neben einem Bettpfosten hing und die ich bis dahin gar nicht bemerkt hatte.

Es dauerte etwas, aber dann bewegte sich der Baldachin über uns und faltete sich langsam am Kopfende zusammen. Er musste wohl auf Rollen laufen oder auf Schnüren. Darunter kam ein Deckengemälde zum Vorschein. Gereon schaltete einen Deckenfluter an. Ich erkannte sofort den «Garten der Lüste» von Hieronymus Bosch. Zumindest den Mittelteil des Triptychons, das Paradies und die Hölle fehlten. «Was ist mit den anderen Teilen?», fragte ich, und Gereon sagte: «Da passiert doch nichts. Nichts Erotisches, meine ich.» «Und wie kommst du zu diesem Werk?» «Mone hat es kopiert. Ich hab ja gesagt, sie ist eine Künstlerin, sie hat sogar den Maßstab um eine Winzigkeit vergrößert, damit man auch die Einzelheiten im Liegen erkennen kann.» Er nahm mir die Pfeife aus der Hand, sog daran und gab sie mir wieder.

Der Rauch schmeckte süßlich und etwas streng, und ich unterdrückte den Hustenreiz. Nach ein paar Zügen ging es besser, und ich gab Gereon die Pfeife zurück. Meine Freundin in Barcelona hatte mich deswegen ausgelacht, aber es ging mir wieder genau wie an dem Tag über der Flamencoschule: Ich spüre Joints zuerst in den Füßen. Sie werden taub. Dann schleicht sich ein Kribbeln die Waden hinauf, mein Brustkorb scheint sich auf das doppelte Volumen zu vergrößern, und dann erst spüre ich es im Kopf. «Fühlst du was?», flüsterte Gereon. Ich brummte nur «mmh». Er seufzte leise. Ich legte meine Hand auf seinen schlaffen Penis und ließ sie einfach da liegen. Zu mehr war ich nicht in der Lage, die Trägheit war so durchdringend, dass ich mich gleichzeitig schwerelos und wie mit Beton ausgegossen fühlte. Mir wurde warm, feine Schweißperlen bildeten sich auf der Haut, ohne dass ich mich klamm fühlte oder fror. Auch mein Kopf wurde jetzt immer größer und leichter. Ich stellte mir vor, wie mein Gehirn sich in kleine und größere Seifenblasen verwandelte und im Raum umherschwebte, sanft schaukelnd wie von Wellen getragen. «Fliegst du?», murmelte Gereon, «dann lass uns jetzt hingehen.» Und weil an Aufstehen natürlich nicht zu denken war, starrte ich wie er an das Deckengemälde und ließ mich hineinziehen.

Da war ein Uhu. Ein riesiger Uhu mit freundlichen, glänzenden Augen. Er saß in einem Nest, das mit bunten Beeren geschmückt war. Die Beeren standen rot und saftig und rankten sich an starken Zweigen weit hinunter. Das Nest wurde, das sah ich erst jetzt, getragen von zwei menschlichen Unterleibern, die sich tanzend im Kreis drehten. Der Kopf des Uhus bewegte sich gurrend mit, sodass er mich immer ansah. Die Unterleiber gehörten offenbar einem Mann und einer Frau. Sein überproportional großer Penis war steil aufgerichtet und wippte im Takt des Tanzes mit. Von weiter hinten drang Gelächter zu uns herüber. Eine Gruppe nackter Menschen ritt auf einem Rudel Hirsche vorbei, wir sprangen zurück und waren fast in einem glitzernden See gelandet. Einige junge Männer tauchten um eine riesige Himbeere herum. Ein Pärchen saß selbstversunken in einer großen Blase, die an einer baumhohen Blume wuchs, und streichelte sich die Schenkel. Ein anderes liebte sich in einer Muschel, die die Ausmaße eines Bettes hatte und von einem lachenden Mann um den See getragen wurde. Jedes Mal, wenn sie sich bewegten, seufzte das Muschelfleisch leise und der Deckel klapperte. In der Mitte des Sees tauchte eine Frau, sie blieb Ewigkeiten unter Wasser, und ich nahm an, dass sie dort unten weiteratmen konnte. Sie streckte ihre Beine weit gespreizt in die Luft, und über ihrem glitzernden, rötlich gelockten Schamhaar nisteten zwei balzende Vögel. «Das Paradies», murmelte ich, und Gereon lachte neben mir. «Hast du den Fisch gesehen?», kicherte er. Ich drehte mich um. Da ritt eine Frau auf einem Fisch, der in der Luft schwebte und sich kein Stück von der Stelle bewegte. Er bäumte sich aber auf und wand sich unter ihr, sodass sich ihr Geschlecht an seinem Rücken schubberte, und beiden schien es außerordentlich zu gefallen. Ich kicherte auch und zeigte auf ein Paar, das nahe am Ufer stand. Sie hielten sich eng umschlungen und wiegten sich vor und zurück, sodass die langen Haare der Frau immer wieder ins Wasser tauchten. Es sah aus, als tanzten sie, und nur an ihren halb geschlossenen Augen und den singenden Klagelauten konnte man erkennen, dass sie sich gerade liebten. Amseln und Rotkehlchen, die doppelt so groß waren wie die beiden, griffen die Laute auf und wiederholten sie. Gleich daneben wuchs eine bunte Blüte direkt aus dem Boden, eine Frau saß verzückt in ihrem Kelch und führte sich den Blütenstempel ein. Dann begann sie auf den Blütenblättern knieend zu schaukeln, und manchmal rieselte Blütenstaub wie Goldpuder hinunter. Die Luft war erfüllt von einem leisen Ächzen und Jauchzen, Stöhnen und Singen, und irgendwann fielen wir ein und summten mit, leise erst, dann immer lauter. Manchmal kicherten wir und dann sangen wir wieder fast andächtig. Ich schwebte. Mein Gesicht lag auf weichem, grünem, duftendem Gras, aber mein restlicher Körper schwebte. Gereon war irgendwo hinter mir, ich wusste es nicht genau, weil ich zwei ganz junge Männer beobachtete, die mit den Zweigen verflochten in der Krone eines Baums hingen, einer kopfüber, der andere kopfunter, und sich gegenseitig die Hoden leckten. Dann spürte ich, wie Gereon in mich eindrang, und ich erkannte, dass ich gar nicht schwebte, sondern über eine rote Beere gebeugt dalag, auf der er mich vor und zurück rollte. Eine Gruppe Mädchen lief lachend um uns herum, und ich senkte den Kopf und das Rot der Beere wurde immer intensiver, und alles roch betäubend nach Früchten, und ich hatte das Gefühl, mich aufzulösen in diesem Duft, und schwebte schließlich wie ein Wind über der hügeligen Landschaft und dem Teich mit seinen singenden Paaren.

Es war wie in Barcelona. Als ich langsam aus dem Jointqualm emportauchte, war mir speiübel. Ich lag auf dem Bauch und versuchte mich unendlich langsam auf den Rücken zu rollen. Bleigewichte hingen an meinen Armen und Beinen, mein Kopf dröhnte und die Gelenke waren so steif, dass ich fast eine Viertelstunde brauchte, bis ich mich herumgedreht hatte. Gereon lag nicht neben mir. Ich ärgerte mich darüber. Irgendwann war ich eingeschlafen und hatte von seinem Gesicht geträumt, und im Traum hatte mich ganz real ein überwältigendes Gefühl von Liebe ausgefüllt. Jetzt lag ich hier allein, und er war wieder einmal nicht da.

Ich tastete nach meiner Haarspange, weil mir die Haare übers Gesicht fielen wie Algen und mir die Sicht verdeckten. Die Kette rutschte auf den Boden. Mein Ring war weg. Ich wurde noch ärgerlicher. Was sollte das? Hatte ich eine traumhafte Nacht und einen überaus anregenden Nachmittag in diesem merkwürdigen Haus verbracht, um jetzt bestohlen zu werden? Ich rutschte zur Bettkante und richtete mich langsam auf. Mein Magen wölbte sich. Ich atmete tief und versuchte alle ruckhaften Bewegungen zu vermeiden. Es kam mir vor, als sei mein Blickfeld von beiden Seiten eingeschränkt, als hätte sich eine plötzliche Kurzsichtigkeit ringförmig um meine Augen gelegt. Dann stand ich neben dem Bett und sammelte meine Kleidung auf. Jedes Mal, wenn ich mich bückte, schoss ein stechender Schmerz in meinen Kopf, und bunte Punkte tanzten vor meinen Augen. Irgendwann war ich angezogen und trug sogar die Kette.

Im Haus war alles dunkel. Ganz leise spielte irgendwo die Musik vom Vormittag. Ich schlich die Treppe hinunter und war mir nicht sicher, ob ich nicht doch immer noch hoffte, Gereon sei vielleicht nur eine Flasche Wein holen. Aus dem Raum neben der Küche kam ein gelbliches Licht. Wasser plätscherte leise. Sonst hörte ich keinen Laut. Die Tür stand eine Handbreit offen. Ich sah hinein.

Oben neben Gereons Schlafzimmer war eine moderne Dusche gewesen, hier unten fand ich ein Badezimmer, das wie aus den Fünfzigern aussah. Senfgelbe Kacheln, altes Email. In der Badewanne saß Mone mit angezogenen Knien. Ihr Oberkörper lehnte gegen eine Nackenrolle gestützt. Ihre Augen waren geschlossen. Einzelne Schaumberge trieben auf dem Wasser. Vor der Wanne, auf einem roten Kokosläufer kniete Gereon splitternackt. Mir wurde wieder übel. Jetzt gab es kein Zurück mehr. Nachdem ich das gesehen hatte, musste ich gehen, das wusste ich. Ich wollte mich gerade abwenden, um mich davonzustehlen, als ich in Gereons Hand etwas Violettes glitzern sah. Es war mein Ring, den er Mone über den Finger der rechten Hand schob. Sie öffnete die Augen, und beide sahen sich so versunken an, dass sich ein Kloß in meinem Hals bildete. Mone hob die Hand vor ihr Gesicht, Gereons Kopf sank auf den Badewannenrand, blieb verrenkt liegen und sah aus wie niedergestochen. Mones linke Hand streichelte ihm über den Rücken, stockte an der großen fleischigen Narbe an der Seite und blieb leise streichelnd darauf liegen. Sie lehnte sich zurück, ihre andere Hand tauchte ins Wasser. Dann zuckte sie kurz zusammen und sah wieder auf.

Einen Moment lang befürchtete ich, sie hätte mich bemerkt, aber ihr war wohl nur mein Ring vom Finger gerutscht, denn auch Gereon richtete sich jetzt auf und tauchte mit seiner Hand ins Wasser, durch die Schaumberge hindurch zwischen Mones Schenkel. Mein Ring war unverhältnismäßig groß für ein Frauenschmuckstück, er musste es sofort gefunden haben. Trotzdem blieb seine Hand unter Wasser und Mone lächelte, als sie sich wieder zurücklehnte und etwas tiefer rutschte.

Als hätte ich durch den Joint einen Röntgenblick bekommen, sah ich durch das abgeblätterte Email hindurch ins Wasser. Ich sah Gereons Hand, auf der sich die kleinen dunklen Härchen im Wasser bewegten. Grünlich umspült sah ich Mones Schenkel, tiefer sah ich, Gereons Hand folgend, die ersten kupferfarbenen Schamhaare. Gereons Hand tastete sich vor, den Ring mit dem angewinkelten kleinen und dem Ringfinger festhaltend, sie fanden die Rinne, die Fältchen, strichen nur mit der Kuppe auf und ab, drangen tiefer ein. Der Daumen legte sich wie eine Abalone auf Mones Kitzler und drückte ihn sanft.

Dann schloss sich das Email wieder vor meinem Blick, und ich sah Mones entrücktes Lächeln, ihre stille Hingabe, ihre Hand auf der fleischigen Narbe, die ich nicht hatte berühren dürfen. Ich ertrug es nicht mehr. Der Ring war nicht echt gewesen, ein Glasstein, ungewöhnlich zwar und mein liebstes Schmuckstück, aber nicht unersetzlich. Ich beschloss, ihn als Lehrgeld zu betrachten, mich nie wieder in eine Ehe einzumischen, drehte mich abrupt um und wollte zur Haustür stürmen.

Aber der Riemen meiner Handtasche verfing sich in der Klinke der Badezimmertür, im Schwung wurde ich zurückgerissen, stolperte, fluchte. Innen im Bad gab es augenblicklich Bewegung. Wasser plätscherte. Ich machte mich so schnell wie möglich los von der Klinke. Ich hatte keine Lust mehr auf Erklärungen, auf Ausflüchte, auf weitere merkwürdige Auftritte dieses Paares.

Gereon erwischte mich noch vor der Haustür. Ohne dass ich wusste, warum, fing ich an zu weinen. Er stand immer noch nackt vor mir, steckte mir den Ring in die Manteltasche und entschuldigte sich, als er mich in den Arm nahm. Ich stand ganz steif. Es klang echt, aber ich wollte trotzdem nur noch nach Hause. Mir war immer noch übel und die ganze Situation wuchs mir über den Kopf. Ich konnte nicht aufhören zu weinen, obwohl ich mir immer wieder sagte, dass ich kein Recht dazu hatte, weil ich Gereon erst seit einem Tag kannte und Mone ihn schon wesentlich länger. «Mone und ich kennen uns schon unser ganzes Leben lang», sagte er sanft. Ich schob ihn weg. «Warum quält ihr euch so?», schluchzte ich, «und mich!» «Es ist nicht so, wie du denkst», sagte er, und aus purer Verzweiflung lachte ich über diese Floskel. «Wie ist es dann?», schrie ich ihn an.

Mone kam in ein Handtuch gewickelt aus dem Bad, sah

mich traurig an und ging in die Küche. «Sie ist nicht meine Frau», sagte Gereon und drückte meine Oberarme kurz, als sei damit alles gesagt. Ich zog geräuschvoll die Nase hoch und wollte mich wegdrehen, aber sein Blick ließ mich nicht los. «Sie ist meine Schwester», flüsterte er. «Und wenn sie uns nicht bei unserem Vater», er stockte, «– Viktor – verraten hätte aus lauter Glück, weil sie dachte, es sei unser Recht, zu lieben, wie und wen wir wollen, dann hätte ich jetzt nicht diese Narbe und er», er machte wieder eine Pause, «er hätte keinen Herzanfall gehabt, an dem ich mit schuld bin, weil er sich so aufgeregt hat. Aber was soll ich machen?», er lächelte mich völlig hilflos an, «man kann sich doch nicht wehren.» Ich drehte mich endlich um und öffnete die Haustür. Die Luft draußen war kalt und feucht. «Das hat gar nichts mit dir zu tun, bestimmt nicht, du bist eine so herrliche Frau», sagte Gereon noch, dann warf ich die Tür ins Schloss.

Der Kiesweg war unbeleuchtet, für die wenigen Meter bis zu den hohen Tannen und dem Gartentor brauchte ich mehrere Minuten, weil ich nicht stolpern wollte. Das Gartentor quietschte. Als es zufiel, fühlte ich mich, als erwache ich jetzt erst langsam aus einem Traum, der fast eine Nacht und einen Tag gedauert hatte. Den Ring, den Kardinalsring, den Trauring würde ich nie wieder tragen.

Ich habe sie gefunden: die Liebe, die ganz große, die einzige.

Leider war es nicht meine.

Feucht

Liebe Bettine, als du mich gestern angerufen hast, um mal nachzufühlen, wie weit ich mit dem Buch bin, hast du mich etwas gefragt, über das ich erst nachdenken musste. Ich will mich aber nicht um die Antwort herumdrücken, also schicke ich sie dir hier zusammen mit dem Manuskript.

Gibt es etwas, das ich immer schon mit Sex oder Erotik verbunden habe, das sich nie geändert hat und auf das sich im Grunde alles reduzieren lässt? Ein großes Symbol, ein Begriff, in dem alles drinsteckt?

Ich habe die anderen beiden Bücher bzw. deren Dateien durch das Suchprogramm meines PCs gejagt und festgestellt: Es gibt etwas. Ein Wort, das sich immer wieder aufdrängt, wenn ich mir zwei Körper ausmale oder eine Begegnung, und das unverhältnismäßig oft in diesen Geschichten auftaucht. Und dann fiel es mir auf, dass es immer schon eine wichtige Rolle gespielt hat, dass es immer da war, wenn sich in meinem Leben etwas Spannendes oder Kribbeliges ereignete.

Das erste Mal begegnete es mir mit neun oder zehn. Meine Eltern waren zusammen mit meinen Schwestern eine Woche nach Warschau gefahren, um eine Tante zu besuchen, die einen runden Geburtstag hatte. Ich musste zu Hause bleiben, weil eine Klassenarbeit anstand und unsere Eltern immer streng darauf achteten, dass wir nie eine versäumten, wenn wir nicht wirklich ernsthaft krank waren. Also wohnte ich ein paar Tage bei unseren Nachbarn, die eine Tochter in meinem Alter hatten, Minni, mit der ich befreundet war, und einen etwas älteren Sohn, Oskar. In der Nacht vor der Klassenarbeit wachte ich auf, im Flur war das Licht angegangen. Ich schlich mich zur Tür und sah Minnis Bruder mit einem Bündel Wäsche unterm Arm ins Badezimmer huschen. Ich hörte den Wasserhahn rauschen. Gleich darauf ging die Tür des Elternschlafzimmers auf und die Mutter tappte auf nackten Füßen hinterher. Ich war müde und wäre eigentlich gerne wieder ins Bett gegangen, aber irgendwie konnte ich nicht und wartete weiter frierend und neugierig hinter der Tür. Was sie im Badezimmer redeten, verstand ich nicht, aber der Tonfall der Mutter ließ mich nicht los, so singend und milde. Betont beiläufig und gleichzeitig unsicher. Schließlich kam sie mit ihrem Sohn über den Flur, hatte einen Arm um seine Schultern gelegt und brachte ihn zurück zu seinem Zimmer. Ich versteckte mich schnell und hörte nur noch, wie sie sagte, feuchte Träume seien ganz normal, und er brauche sich nicht zu schämen und er müsste schon gar nicht mitten in der Nacht die Bettwäsche ins Bad bringen und sie alle aufwecken.

Feuchte Träume stellte ich mir schön vor. Ich dachte an einen großen blauen Fisch mit wulstigen Lippen, der durch meinen Traum schwamm, und an viele kleine rote, die blitzschnell unter ihm wegtauchten. Und ich malte mir aus, dass so ein Traum so intensiv sein müsste, bis ich selbst glaubte, man schwimme in einem warmen, salzigen Wasser herum, bis mich ein großer Schwall, vielleicht ausgelöst durch den Flossenschlag eines Wals oder einer Nixe, wieder ins Bett zurückspülen würde. Und vielleicht schwappte etwas von diesem Traum ins Bett mit. Unsere Eltern sagten ja immer, dass etwas in Erfüllung ging, wenn man es sich nur lange genug wünschte. Ich war ganz aufgeregt, weckte meine Freundin und fragte sie, ob sie wisse, wie man feuchte Träume bekommen könne. Oskar habe so etwas, und ich wollte die auch haben. Sie wusste nichts davon, versprach mir aber, ihren Bruder zu fragen. Er war ungewohnt kooperativ, normalerweise beachtete er mich überhaupt nicht, aber nachdem seine Schwester mit ihm gesprochen hatte, verabredete er über sie ein Date an einem Tümpel hinter den Gärten.

Ich hatte schwitzige Hände, als ich hinging, und ahnte, dass es etwas Verbotenes war. Zu dem Tümpel durften wir eigentlich gar nicht. Er lag in einem ehemaligen Moorgebiet und der Boden um ihn herum war weich und voller Pfützen. Bei jedem Schritt gab es ein schmatzendes Geräusch. Es war sehr heiß an dem Tag, und mein T-Shirt unter den Armen so nass, dass der Stoff ganz dunkel war. Weit weg donnerte es, und dann fing es auch noch an zu regnen. Ganz feiner Sprühregen, der meine nackten Arme und das Gesicht mit einer hauchdünnen Schicht wie Gelee überzog, sodass ich mich klebrig fühlte. Oskar wartete an dem Tümpel und patschte mit seinem Turnschuh am Ufer herum.

«Da bist du ja», sagte er. «Minni hat gesagt, du willst wissen, wie es geht.» Ich nickte ganz begeistert. Ich hatte mich darauf eingerichtet, erst noch etwas versprechen zu müssen, einen nassen Schwamm aus einem Fenster der Schule auf einen Lehrer fallen zu lassen zum Beispiel. Auch Sachen zum Tauschen hatte ich dabei, eine echte Schleuder, die gut zielte, und eine Kassette. Aber Oskar interessierte sich nicht dafür. Es nieselte immer noch. Seine Hand war genauso klebrig nass wie meine, als er sie nahm. «Zuerst musst du die Augen zumachen», sagte er. Ich fand das zwar albern, denn ich wusste sehr wohl, dass man Geheimnisse auch ohne Brimborium verraten kann, aber ich wollte ihn nicht verärgern und kniff sie zusammen. Und dann stülpte sich ein riesiger nasser Fischmund über meinen und saugte daran, zwang die Lippen auseinander und eine dicke, speicheltriefende Quallenzunge schob sich in meinen Mund bis zum Gaumensegel. Ich holte aus und schubste Oskar zurück. Er fiel direkt in den Tümpel, lag halb im Matsch versunken da wie eine Kröte und schrie «du dumme Kuh» hinter mir her, als ich wegrannte.

Das Geheimnis der feuchten Träume habe ich nie begriffen, also die bloßen Fakten natürlich schon, aber das schwüle, heimliche, männliche Träumen nicht. Ein paar Jahre später in der Pubertät kam die Feuchtigkeit wieder, nur hatte sie sehr wenig mit Träumen zu tun. Ich war überwach, den ganzen Tag, jahrelang. Mich erregte einfach alles. Comics, Filme, sogar Songtexte. Ich war ein wandelndes Feuchtbiotop. Feuchte Hände im Kino, wenn ich mit irgendeinem übergroßen, ewig grinsenden Mitschüler Händchen hielt, feuchte Blicke, wenn mir mein Tanzstundenpartner in einem besonders romantischen Moment tief in die Augen sah. Später feuchte Höschen beim Fummeln vor der Haustür oder im Auto.

Überflüssig zu sagen, dass Gleitmittel für mich nie nötig war – Göttin sei Dank, denn irgendwann hatte mein Liebster mal eine Tube gekauft, um es auszuprobieren, und abgesehen davon, dass diese Tube wesentlich teurer war als das Olivenöl, das wir sonst zum Spielen nehmen, müffelte es wie in einer Arztpraxis, war kalt und klebte nach ein paar Minuten wie Pattex. Dann doch lieber ohne. Mein Liebster streichelt von den Brüsten über den Bauch zum Allerheiligsten hinunter und – zack – ich schwimme, und wenn er dann in mich eindringt und sich in mir bewegt, kichern wir oft über die schmatzenden, quietschenden Geräusche. Ach, und wenn ich jetzt daran denke, bekomme ich schon wieder Lust, mich nach oben zu schleichen, wo er schläft, und ihm mit der Zunge eine feuchte Spur über die Ohrmuschel zu malen, um ihn zu wecken.

Aber vorher ganz schnell noch eine Sache, bevor ich die wieder vergesse, dir zu erzählen:

Als du mir vorgeschlagen hattest, mein eigenes Model für das Buchcover zu sein, war ich ja anfangs nicht so begeistert. Der Gedanke, vor einem fremden Menschen zu stehen und erotische Fotos machen zu lassen, war mir irgendwie unheimlich. Aber du hast schon Recht: Das Tattoo ist so schön geworden (und ich hab so gelitten beim Stechen), dass es schade wäre, wenn es kein Mensch jemals bestaunen würde. Und irgendwie gefällt mir die Vorstellung auch, dass jemand das Buch im Geschäft sieht und dann meinen Bauch mit nach Hause nimmt.

Der Fotograf Bodenhoff war ein ganz netter, ein bisschen schüchtern sogar. Er stand da und begrüßte mich so unendlich höflich, fast ehrerbietig, dass ich mich sofort wohl und umworben fühlte. Und er ist ein großer Umwerber. Er fotografiert nicht, er huldigt.

Zuerst wickelte er mich in ein großes schwarzes Laken und machte mit einem riesigen Objektiv Detailaufnahmen: ein Fußknöchel, die Halsbiegung, der Mund, die beiden runden Vertiefungen überm Po. Aber irgendwie war es nicht das, was wir uns vorgestellt hatten. Er hat also das Licht gedimmt und eine Flasche vom Fensterbrett genommen, eine, mit der man Pflanzen und so was bewässern kann. Er füllte halb Wasser und halb Öl hinein und sprühte mich von Kopf bis Fuß damit ein. Vor die Lampen kamen noch große weiße Schirme, durch die das Licht ganz dämmrig aussah, so als würde es meine Haut umspülen wie Wasser oder wie ganz dichter Nebel.

Ich stand vor ihm, ganz nackt, und es machte mir plötzlich gar nichts mehr aus. «Wo kommen Sie her?», sagte er. «Aus Polen ursprünglich», sagte ich, «hört man das nicht?» Und ich ging vor ihm her und drehte mich und vergaß mit der Zeit völlig, dass er fotografierte. Seine Stirn glänzte, seine Augen waren ganz feucht, und wenn er versuchte, mir ein schwieriges polnisches Wort nachzusprechen, lachte er kehlig. Mir wurde heiß. Ich hatte mich noch nie vorher vor einem Fremden ausgezogen, und jetzt gefiel es mir, und ich genoss es, wie er mich ansah, mit dieser Mischung aus Gier und Demut. Kleine Ströme rannen mir aus den Achselhöhlen die Seite hinunter. Ich machte ein paar Tanzschritte, zuckte mit der Hüfte, ließ sie kreisen, drehte mich, und er ging vor mir her mit diesem riesigen Objektiv und manchmal hörte ich ihn zwischen dem Klicken leise seufzen.

«Bleiben Sie so», flüsterte Bodenhoff, und ich bewegte mich nicht, stand da mit einem erhobenen Arm, die andere Hand auf den Bauch gelegt, den Kopf zurückgeworfen, auf einem Fußballen balancierend und den anderen auf einem Stuhl aufgesetzt. Und Bodenhoff fotografierte mein Gesicht, von allen Seiten, als gebe es sonst nichts zu sehen, dann ging er langsam in die Hocke, machte ein paar Aufnahmen von Hals, Busen und Bauch, von der Hüfte und dem Ansatz des Schamhaars, kniete sich aufs Parkett und fotografierte weiter. Ich wusste genau, was er jetzt sehen musste, obwohl ich den Kopf zurückgeworfen hielt und mich nicht rührte.

Aber ich malte mir aus, wie er da vor mir kniete und ein Foto nach dem anderen schoss. Langsamer jetzt. Eine weiße Fläche Bauch, unten schwarzes Gekräusel, oben ein schmaler Streifen Tätowierung. Klick. Mehr schwarzes Gekräusel, weiße Schenkelhaut. Klick. Eine rötliche Vertiefung, seidig glänzend. Klick.

Dann eine beschlagene Kamera. «Wenn ich nur in Sie hineinkriechen könnte», hauchte er mir gegen den Oberschenkel und tastete sich mit weichen, nassen Lippen weiter vor. Ich knickte etwas mehr in den Knien ein und fühlte, wie ich übersprudelte, als er ganz zart über die Schamlippen leckte, ein großer, heißer, feuchter Kuss von einem großen Mund und einem kleineren. Es war so schwül in dem Raum, dass es mir vorkam, als schwemme ich mich selbst weg, als löse ich mich unter den Strömen völlig auf. Die Fenster waren ganz beschlagen, und an dem Glas rann das Kondenswasser hinunter. Bodenhoff und ich sagten dann nichts mehr. Das Parkett, auf dem wir schließlich lagen, war hart und etwas staubig, und später sah man genau, wo wir gelegen hatten.

Während ich duschte und mich wieder anzog, entwickelte er die Aufnahmen. Manche davon waren so scharf, dass ich die Negative direkt konfisziert habe. Für das Cover suchten wir dann zusammen ein etwas harmloseres Motiv aus, damit das Buch nicht unter dem Ladentisch verkauft werden muss, ein Foto vom Bauch, das aussieht, als läge ein feuchter Nebelschleier darüber. Du wirst es ja bald sehen, Bodenhoff wollte es dir sofort zuschicken. Die anderen Aufnahmen habe ich behalten, manchmal sehe ich sie mir an oder zeige sie meinem Liebsten, wenn die Nächte besonders schwül sind und wir beide nicht schlafen können oder wollen.

Jetzt habe ich dir doch viel mehr geschrieben, als ich eigentlich wollte. Da siehst du mal, wie mich so ein Telefonat mit meiner Lektorin inspiriert. Viel Spaß jetzt beim Lesen und einen herzlichen Kuss aus Warschau – winterkalt und ... *feucht* natürlich.

Deine Sophia.